회귀로

영웅독점

회귀로 영웅독점 **10**

초판 1쇄 인쇄일 2021년 08월 19일 | **초판 1쇄 발행일** 2021년 08월 24일

지은이 칼텍스 | **펴낸이** 곽동현 | **담당편집 팀장** 이범수
편집부 정요한 최훈영 조혜진

펴낸곳 (주)조은세상 | 출판등록 제2002-23호
주소 서울특별시 동작구 동작대로1길 27 5층
TEL 02)587-2966 | FAX 02)587-2922
E-mail bukdu@comics21c.co.kr

칼텍스ⓒ2021
ISBN 979-11-391-0056-3 | ISBN 979-11-6591-494-3(set)
값 8,000원

칼텍스 퓨전 판타지 장편소설

회귀로

영웅독점

10

북두
(주)좋은세상

칼텍스 퓨전판타지 장편소설
FUSION FANTASY STORY

CONTENTS

Chapter 66.

왕국의 한 해변가.

바다 한가운데에 있는 돌 위에서 두 노인은 낚싯대를 드리우고 멍하니 지평선을 바라보고 있었다.

국왕 신유철과 철혈 이강진.

진지한 얼굴로 한마디 말도 없이 그저 낚싯대에 집중하고 있던 철혈은 찌가 움직임과 동시에 벌떡 일어나며 낚싯대를 당겼다.

"우오오오오오오! 걸렸다아아아!"

철혈이 있는 힘껏 낚싯대를 당기자 6척은 되어 보이는 거대한 상어가 끌려 올라왔다.

옆에서 그 광경을 본 신유철은 초조한 얼굴로 낚싯대를 살짝살짝 움직일 뿐이었다.

"크하하하하, 전하. 이거 보십시오. 이야, 이 정도면 월척인데? 이거 못 이길 거 같은데? 오늘 요리는 전하가 해야 할 거 같습니다. 하하하!"

"물고기 도망간다. 입 닫아라. 강진아."

그리고 그 순간, 신유철의 찌가 움직였다.

"오오! 걸렸구나!"

신유철은 벌떡 일어나 낚싯대를 잡아당기기 시작했다. 손끝으로 어마어마한 힘이 느껴졌다.

"크다아아아!"

힘겨루기를 하며 살짝살짝 보이는 크기만으로도 이강진의 것을 압도하는 크기였다.

위기감을 느낀 강진은 물고기를 향해 외쳤다.

"에헤이! 버텨! 올라오지 마!"

"이강진! 넌 누구 편이야?"

"당연히 물고기 편이죠."

"하하하, 이런 배은망덕한 자식."

신유철은 호탕하게 웃고는 허리를 젖히며 물고기를 끌어올렸다.

이강진이 잡은 것보다 머리 하나는 더 큰 상어.

신유철은 승리의 함성을 질렀다.

"잡았다!"

그리고 그 순간.

빡! 하는 소리와 함께 신유철이 허리를 잡았다.

"아이고고."

신유철이 뒤로 넘어가고 이강진은 펄떡이다 다시 바다로 들어가는 상어를 흡족하게 보며 고개를 끄덕였다.

"음! 다시 도망쳤군."

"아야야야야, 허리야. 강진아! 그걸 잡아서 대가리부터 쳤어야지 뭐 하는 거냐? 어?"

"그건 잡은 사람의 몫입니다. 잡을 때까지 잡은 것이 아니다. 모르십니까? 전하."

"이 미친놈이."

"전하도 미친 건 마찬가지입니다."

허리를 잡고 이강진과 투덕대고 있는 신유철을 본 약선은 한숨을 내쉬고는 그의 상태를 살폈다.

"근육이 많이 약해져서 삐끗한 것입니다."

"내 근육이 약해졌다고? 운아, 노병은 죽지 않는단다."

"하지만 허리는 삐끗하죠. 무리하지 말라고, 하면 안 된다고 말씀드리지 않았습니까? 다들 머리는 하얗게 세서 아직도 어린애 같으면 어떡합니까?"

약선의 말에 신유철과 이강진은 크게 웃었다.

"크하하하, 전하께서 예전처럼 놀자고 하시지 않았느냐?

너도 격식 좀 줄이거라."

"그래, 숨 막히는 궁에서 나오니 좀 살 거 같구나."

신유철은 나무 의자에 앉은 뒤 씁쓸하게 웃었다.

"예전에는 이러고 많이 놀았는데 말이야."

수십 년 전.

약관의 나이로 나찰과 싸우고, 제국이나 동부 왕국과 전쟁을 하며 같이 뒹굴고 장난치던 세월이 떠올랐다.

하지만 시간은 그 모든 것을 해변가의 모래성처럼 휩쓸어 갔다.

신유철은 그렇게 미소를 짓다가 말했다.

"네 손자를 보면 우리 어렸을 때가 기억난다."

"우린 아린이처럼 예쁜 친구가 없었지만 말입니다."

"하하하! 하긴, 그건 그랬어."

신유철은 낄낄거리다 말했다.

"부장들은 잘 있나?"

"부장들이라면 어떤 부장들 말입니까?"

"내 아들이 죽던 날 너의 부장들 말이야."

"……."

이강진은 작게 숨을 내쉬고는 신유철의 옆에 앉았다.

"네, 아주 잘 살고 있습니다. 각자 자기들이 하고 싶은 거 하면서 잘 살더군요. 지금은 도자기도 만들고, 대장간도 열고, 그림도 그리고 그러면서요."

"무사질은 언제 그만뒀나?"

"그만둔 지는 꽤 됐습니다. 동부 왕국과의 전쟁이 끝나고 바로 은퇴했다고 하더군요."

"그런가?"

신유철은 하늘을 올려 보았다.

과거의 일이 떠올랐다.

신유철의 아들이자, 신유민과 신태민의 아버지였던 태자는 한 전장에서 목숨을 잃었다.

동부 왕국과의 전면전을 벌일 때였을 것이다.

당시 군은 동부 왕국 연합군에 포위되었고 신유철은 이강진에게 아들을 호위해 달라고 부탁했다.

하지만 이강진은 그 명령을 거부하고 신유철의 옆에 딱 달라붙어 포위망을 뚫었다.

당시 신유철의 아들이자 태자를 호위하기 위해 파견된 것은 이강진의 부장 셋이었다.

그리고 그 셋은 결국 태자를 지키지 못했다.

"날씨가 너무 좋았지. 해도 쨍쨍했고, 바람도 좋았어. 아들이 죽었다고 듣기에는 너무나도 맑은 날이었지."

신유철은 그렇게 중얼거리다 말했다.

"그래서 너무 화가 났었어. 아들을 다시 볼 수 있을 거라 생각했거든."

당시 신유철은 아들의 죽음을 탓할 사람을 찾았다.

그리고 그 화살은 이강진과 그가 보냈던 부장들에게로 향했다.

-왜 네가 가지 않고 부장들을 보냈느냐!

신유철의 외침에 이강진은 아무 말 없이 그의 옆에 서 있을 뿐이었다.

하지만 신유철도 잘 알고 있었다.

이강진이 없었다면 포위망을 뚫지 못했으리라는 것을.

그러나 분노는 사그라지지 않았고 결국 세 명의 부장들은 신유철의 친위대에서 쫓겨났다.

그 뒤 세 사람은 동부 왕국과의 전쟁에 지원해 10년이 넘게 싸운 뒤에야 은퇴했다.

신유철은 침을 삼키며 말했다.

"죽을 때가 되니 그 셋이 생각나더구나. 지금도 죄인처럼 살겠지. 그러니 혹시 만나면 말해 주거라."

신유철은 미소와 함께 이강진을 바라보며 말했다.

"너희들 잘못이 아니었다고 말이야."

무릎을 꿇고 하염없이 눈물을 흘리며 목을 쳐 달라던 세 사람의 모습이 지금도 생생한 신유철이었다.

이제 와서야 진심으로 그들을 용서할 수 있을 것만 같다.

"그러죠."

"호오, 지금도 자주 만나는가?"

신유철의 말에 이강진은 피식 웃으며 말했다.

"자주 만나고 자시고 할 것도 없이 청신에 눌러앉았습니다."

신유철은 피식 웃고는 고개를 절레절레 흔들었다.

"질긴 인연이야. 질긴 인연."

"그나저나 전하. 한 가지 여쭙고 싶은 것이 있습니다."

"말해 보아라."

"밥은 언제 하실 겁니까?"

"……."

신유철은 이강진이 가리키는 상어를 바라보고는 다시 친우의 얼굴을 바라봤다.

"자네 진심으로 나한테 요리를 하라는 건가?"

"내기는 내기니까요. 한 반 시진 정도 남았으니 한 마리 더 잡으시든가요."

"……내 당장 잡아서 네 목구멍에 쑤셔 넣어 주마."

"기대하고 있겠습니다. 이번에는 허리 조심하십시오."

"저 썩을 놈. 시끄럽게 하지 말고 냉큼 꺼져 버려라. 물고기 도망간다."

"네이~."

이죽거리며 가는 이강진을 불타는 눈으로 바라보는 신유철이었다.

◆ ◆ ◆

서하와 마주하기 약 한 식경 전.

피난 훈련에 따라 청신산가 안쪽으로 들어온 세 노인은 가만히 빛이 사라진 도시를 내려 보았다.

세 사람 모두 철혈대의 부장을 맡았던 만큼 육감을 자유자재로 사용할 수 있었기에 도시에서 벌어지는 상황을 속속들이 알 수 있었다.

"난리가 났네. 아주 난리가 났어."

"그러게 말일세. 최 도공. 우리가 이러고 있어야겠나?"

이윽고 저 멀리서 불꽃이 폭발했다.

저 멀리 있던 박 화백 또한 기운을 느끼고 다가와 말했다.

"도련님의 기운인데. 가만히 지켜보고만 있을 건가?"

"……."

"최씨, 설마 수련 좀 안 했다고 겁먹은 건 아니지?"

"그럴 리가 있나."

도공 최씨는 입맛을 다셨다.

태자 저하를 지키지 못한 그날. 최씨를 비롯한 세 사람은 죽음으로 용서를 빌 생각이었다.

그러나 국왕 전하께서는 죽음조차 허락하지 않으셨다.

그렇기에 동부 왕국 전선으로 향했다.

죽은 태자 저하의 복수를 위해서였다.

그렇게 10년.

수천이 넘는 동부 왕국의 무사들을 죽이고 또 죽인 뒤 결국 다시는 국경을 넘지 않겠다는 약속을 받은 뒤에야 세 사람은 수도로 복귀했다.

그렇게 친구들과 헤어진 최씨는 바로 대장을 찾아갔다. 이제는 근위대장이 된 철혈 이강진은 그의 이름을 듣자마자 바로 뛰어나왔다.

"오, 최 선인! 돌아왔는가?"

"오랜만입니다. 대장님."

10년이 넘는 세월 동안 만나지 못한 철혈님은 자신을 반갑게 맞이해 주었다.

"임무를 마치고 돌아왔습니다."

"그래, 그래. 아, 이거 한잔해야 하는데. 내가 근위대장이 되어 바쁘구먼. 하하하. 혹시 며칠 더 묵으면 한번 시간 내 보겠네."

"아닙니다. 그저 얼굴 한 번 보러 왔을 뿐입니다."

살아서 해야 하는 임무가 끝났으니 오늘로 생을 마감할 생각이었다.

그 전에 대장을 보고 싶었다.

국왕 전하도 한번 뵙고는 싶었으나 자신의 얼굴을 보는 것만으로도 아들이 생각날 분이니 욕심을 낼 수는 없었다.

"왕손님들은 잘 크고 계십니까?"

"물론이지. 아주 건강하게 잘 크고 계시네."

"다행이네요. 그럼 전 이만 가 보겠습니다."

최씨가 몸을 돌릴 때였다.

"이보게. 최 선인. 난 청신을 요새로 만들 생각이네. 수도의 관문 같은 역할을 할 수 있도록 말이야."

최씨가 고개를 돌리자 이강진이 말을 이었다.

"죽을 거면 내 일 좀 도와주고 죽게."

"……눈치채셨습니까?"

"죄책감에 절은 죽상이 되어 나타나 마지막 인사를 하는데 어찌 눈치를 못 채겠나? 자네도 알아봐 주길 바라고 온 거 아닌가? 그러지 말고 가서 성벽이나 쌓게. 일손이 모자라니."

"하하하…….".

최씨는 피식 웃고는 말했다.

"저 이제 대장님 부하 아닙니다. 그런 명령에 따를 거 같습니까?"

"그럼 안 할 건가? 아따, 일손 부족해 죽겠는데. 이왕 죽을 거면 가서 성벽도 쌓고 고생 좀 하다 죽어 인마."

"하하하하. 와, 진짜 감동적으로 끝내려고 했는데."

최씨는 한숨을 크게 내쉰 뒤 말했다.

"알겠습니다. 성벽 쌓고 그때 목매달고 죽어 버리죠 뭐."

"아니, 성벽 쌓으면 할 일이 또 있어. 그것도 해."

"한번 보겠습니다."

최씨는 그렇게 친구들과 청신으로 향했다.

처음에는 진짜 성벽을 다 쌓으면 목매달고 죽을 생각이었다.

하지만 성벽을 쌓으면 길을 닦아야 했고, 길을 닦으면 이주해 온 사람들이 살 집을 지어야 했으며, 집을 지으면 이들이 일할 상가를 만들어야 했다.

그렇게 정신없이 살다 보니 이 나이가 되었고 겨우 누구도 찾지 않는 그런 인생이 되었다고 생각했었다.

그런데 아무래도 또 해야만 할 일이 생긴 것 같다.

"우리가 도련님 지켜 드려야지. 안 그러냐?"

주인의 가족을 두 번이나 못 지키면 억울해서 죽을 수도 없을 것이다.

최씨는 오랜 친우들을 돌아보며 말했다.

"다들 수련은 게을리하지 않았지?"

"야, 최 도공. 네가 가장 게을렀어. 내 근육을 보라고. 아직 불끈불끈해."

대장장이 김씨는 팔 근육을 보여 주다 표정을 굳히며 말했다.

"가자, 도련님 지키러."

태자 저하를 못 지킨 것이, 그리고도 자신들만 살아남은 것이 천추의 한으로 남은 세 사람이었다.

두 사람의 대화를 듣고 있던 박 화백은 작게 숨을 내쉰 뒤 외쳤다.

"야! 황현! 우리 도련님 지키러 간다. 사람들은 네가 지켜라."

황현은 세 친구를 바라보다 고개를 흔들었다.

"쯧쯧쯧, 가서 민폐나 끼치지 말게나."

"그럴 리가 있나. 요즘 것들이랑 우리를 비교하지 말라고."

최씨는 산가의 담장을 가뿐하게 넘어가며 말했다.

"진짜 철혈대가 뭔지 보여 주지."

전설의 철혈대가 부활하는 순간이었다.

상상도 못 했던 지원군이 도착했다.

나는 멍하니 도공 최씨를 바라봤다.

'저분들은⋯⋯.'

회귀한 후, 단 한 번도 나에게 이득이 되는 변수가 터진 적은 없었다.

항상 사건이 생각보다 일찍 터지거나 혹은 나의 존재로 인해 다른 방향으로 바뀌는 등으로 안 좋은 영향만 주었다.

그러나 가장 큰 위기의 순간 생각지도 못한 지원군이 나타났다.

역시 난 운이 좋다.

그나저나 저분들의 정체는 무엇일까?

내가 궁금하다는 듯이 바라보고 있자 최씨 노인이 내 생각을 읽은 듯 말했다.

"하하하, 우리의 정체가 궁금하신 모양이네요. 철혈대라고는 말을 안 했었나요?"

"……안 했었습니다."

술을 마시며 할아버지와 친하다는 둥, 같이 많은 일을 했다는 둥 말은 했지만 난 그게 도시 건설인 줄 알았지.

직접적으로 할아버지와 함께 전장에 나가던 무사라는 말은 하지 않으셨으니 말이다.

그냥 도시에서 오래 산 장로 같은 느낌인 줄 알았는데 할아버지와 함께 전쟁터를 누비던 진짜 철혈대였다니.

그것도 저 나이라면…….

'최전성기의 철혈대 대원이다.'

동부 왕국과의 전쟁까지 참여한 무사일 것이다.

그렇다면 얼마나 고수일지 상상조차 되지 않는다.

그렇게 대화를 하는 사이 두 노인이 도착했다.

쌍도끼를 들고 나타난 대장장이 김씨는 굳은 얼굴로 사자(死者)의 부대를 본 뒤 말했다.

"……이건 좀 선을 넘었네. 선을 넘었어."

"망자를 모욕해도 유분수지."

화백(畫伯) 박씨 노인 또한 손에 철편이 들려 있었다.

"편하게 보내 주자."

분노로 기가 일렁인다.

세 노인의 기운만으로도 심장이 터질 것처럼 뛰기 시작했다.

나는 노파심에 말했다.

"조심하십시오. 죽은 자들이라 치명상을 입혀도 계속 움직입니다."

걱정할 것은 없어 보이지만 그래도 주의할 점은 말해 주자.

지금까지 많은 무사들이 처리했다고 생각하고 등을 보였다 공격을 당해 죽었다.

그렇게 죽은 무사들은 다시 사자의 군대가 되어 동료 무사들을 공격했다.

악순환의 반복.

그것이 사자의 군대가 무서운 이유였다.

대장장이 김씨는 나의 걱정에 도끼를 흔들며 답했다.

"도련님은 걱정하지 마시지요."

도끼가 일렁임과 동시에 김씨 노인이 크게 휘둘렀다.

그의 도끼에서 뿜어져 나간 강기(罡氣)에 마치 지진이라도 난 것처럼 땅이 갈라졌다.

거기에 휘말린 사자들은 말 그대로 분쇄되어 사라졌고 김씨는 기분이 좋지 않은 듯 낮은 목소리로 말했다.

"이래 봬도 백전노장이니 말입니다."

"……."

정말 걱정하지 않아도 될 것만 같다.

"빠르게 안식을 주자고. 박씨."

"동감일세."

박씨가 철편을 휘두를 때마다 사방이 전율했다.

철편(鐵鞭)이 짧게 늘어났다 다시 복귀할 때마다 거대한 세상이 진동하는 것만 같았다.

그것에 맞은 사자들의 몸은 마치 폭약에 당한 듯 터져 나갔다.

지친 1번 대는 멍하니 노인들의 학살을 바라볼 뿐이었다.

김용호는 내 옆에서 작게 중얼거렸다.

"일기당천(一騎當千)……."

천마를 타고 동부 왕국과 싸우던 모습에 붙은 칭호.

일기당천(一騎當千).

홀로 천 명의 무사와 같은 힘을 가지고 있다는 철혈대원들의 전설이 결코 과장된 것이 아니었음이 증명되는 순간이었다.

그렇게 멍하니 세 노인의 활약을 보고 있자니 회귀 전의 사건들이 점점 이해가 가기 시작했다.

'그렇구나. 이해가 갔어.'

회귀 전, 확실히 청신의 피해는 컸다.

민간인들도 많이 죽고 무사들도 많이 죽었다.

그러나 도시 자체가 무너질 정도는 아니었다.

'그래서 조금은 쉽게 생각했어.'

당시 청신은 아무런 대비 없이 공격을 받은 셈이었다. 그런데도 민간인의 피해가 예상보다 적었다는 점에서 나는 적을 과소평가하고 있었다.

'그래서 산다는 생각도 못 했지.'

나름 조심한다고 했는데 생각이 얕았다.

이 정도의 공격이었다면 민간인들은 그 누구도 살아남지 못했을 것이다.

오히려 민간인들조차 사자의 군대가 되어 더욱 큰 혼란을 초래했겠지.

그러한 참사를 피할 수 있었던 이유는 아마 저 세 고수가 목숨을 걸고 민간인들을 지켰기 때문일 것이다.

하지만 인간의 체력에는 한계가 있기에 고작 세 명이서 끝없이 밀고 들어오는 사자의 군대를 막을 수는 없었을 것이다.

그렇게 생각할 때 도공 최씨가 나에게 외쳤다.

"족쇄는 풀어 줬는데 왜 안 가는 겁니까? 도련님은 본체를 처리해야 하는 거 아닙니까?"

그 역시 나찰의 존재를 알고 있다.

나 또한 일각이라는 긴 시간 동안 집중해서 찾은 나찰이다.

아무리 전설의 철혈대원이라고 하더라도 쉽게 찾을 수는 없겠지.

나는 고개를 끄덕였다.

"……저야말로 부탁합니다."

이제 걱정할 것이 없다.

나는 주지율을 바라보며 말했다.

"지율아. 용호와 준하를 부탁한다. 남은 부대 이끌고 선배님들을 도와."

"나찰을 잡으러 가는 거냐?"

"그래야지."

그래야만 이 동란(動亂)을 끝낼 수 있을 테니까.

◆ ◈ ◆

아무도 없는 성벽 위.

샨다는 전장을 내려다보며 생각에 잠겼다.

샨다가 받은 임무는 하나.

적당히 싸우다 후퇴하라는 것이었다.

이건하와 도종환은 이서하를 죽여 달라고 의뢰했지만 이
주원은 그런 걸 신경 쓰지 않았다.

"이서하가 싸우러 오면 무조건 도망입니다. 아시겠죠?"

이주원의 말에 샨다는 고개를 끄덕였다.

어차피 인간들끼리의 싸움.

그녀도 무리할 생각은 없었다.

그러나 청신에 도착하고 나서 생각이 바뀌었다.

샨다는 성벽 위에 앉아 가만히 아린을 내려다보며 말했다.

"결국 같은 핏줄이라는 건가?"

피를 흩뿌리며 미소를 짓는 아린.

선혈이 낭자한 전쟁터에서도 아린은 너무나도 아름다웠기
에 더 이질적으로만 보였다.

그런 그녀의 옆에는 쌍검을 휘두르는 남자가 있었다.

온갖 기예를 선보이며 사방팔방에서 들어오는 공격을 전부 피하는 남자.

수십의 사자(死者)들이 달려들고 있었음에도 남자는 여유롭게 피하며 이들을 도륙했다.

두 사람이 쌓아 올린 시체는 정말로 새로운 성문을 만들 수 있을 정도.

샨다는 그런 두 사람을 바라보다 중얼거렸다.

"여왕……."

여왕의 등장은 나찰들 사이에서 공공연하게 알려진 사실이었다.

북대우림 원정에서 처음으로 모습을 보인 여왕은 과거와 마찬가지로 여전히 인간의 편에 서 있었다.

샨다는 그런 아린을 바라보며 주먹을 쥐었다.

모든 나찰이 배신자인 여왕의 핏줄을 증오하고 있었으나 샨다는 그중에서도 더 깊은 원한을 품고 있었다.

실제로 인간들과의 대전쟁 당시 샨다의 혈족은 여왕과 비슷한 위상을 가진 혈족이었다.

죽은 자들을 일으켜 군단을 이루는 샨다의 혈족과 수많은 마수를 지배하에 두어 싸우는 여왕의 혈족은 닮아 있었으니 말이다.

그러나 전쟁 직후 이 두 혈족은 다른 길을 걷게 된다.

'더러운 배신자.'

마수를 양산하는 가축으로나마 살아남은 다른 혈족과 달리 샨다의 혈족은 멸족(滅族)의 대상이 되어 쫓기는 신세가 되었다.

'저것만 아니었다면.'

안다.

아린은 그때 그 일과 상관없다.

하지만 누군가 증오해야 하는 대상은 있어야 하지 않겠는가?

강대했던 나찰이 인간한테 진 것은 여왕이 배신했기 때문이다.

단순히 그녀의 능력뿐만이 아니라 얼마나 많은 내부 정보가 흘러들어 갔겠는가?

그래서 모두가 죽었다.

나찰은 가축이 되었고 샨다는 외톨이가 되었다.

이 모든 것이 전부 여왕 때문이다.

거기다 여왕의 핏줄은 여전히 인간을 위해 싸우고 있다.

샨다의 분노가 임계치에 다다르자 조각나 움직이지 못하던 사자들의 몸이 다시 붙기 시작했다.

"……이 모든 것이 전부."

여왕, 너 때문이다.

샨다가 그렇게 생각하는 그 순간에도 아린은 정신없이 사자들과 싸우고 있었다.

동시에 수많은 잡념이 그녀의 부동심(不動心)을 흔들었다.

- 죽여라, 죽여라, 죽여라.

'시끄러워.'

혈극재심법과 음기 폭주의 속삭임에 아린은 쉴 새 없이 몸을 움직였다.

시체를 찢고, 부수고, 터트리고.

사방에서 피가 튈 때마다 내공이 끓어오르는 것만 같은 기분이 들었다.

날아갈 것만 같다. 이루 말할 수 없는 흥분에 입꼬리가 저절로 올라갔다.

그렇게 시체로 벽을 쌓을 때였다.

"유아린! 뒤!"

상혁의 외침에 아린이 고개를 돌렸다.

누더기처럼 신체를 마구잡이로 이어 붙인 무사들이 아린을 향해 달려들었다.

혈극재신법(血極災神法), 선혈무도(鮮血舞蹈).

붉은빛이 몸을 감도는 것과 동시에 아린이 춤을 추듯 사자의 사지를 다시 찢어 놓았다.

하지만 사자들은 멈출 줄 몰랐다.

찢긴 사지는 순식간에 다시 붙었고 백이 넘는 숫자가 다시금 아린을 향해 달려들었다.

천뢰쌍검(天雷雙劍), 뇌백조(雷百爪).

번개의 손톱이 사자들을 마비시키고 상혁은 아린의 뒤에 가서 섰다.

"뭐야? 다시 붙기도 하는 거야?"

"그런 거 같네."

아린은 고개를 돌려 성벽 위를 바라봤다.

샨다의 기운을 느낀 것이었다.

샨다는 아린과 눈을 마주치고는 인상을 찌푸렸다.

"찾았다. 나찰."

아린의 미소와 함께 저 멀리에서 마수들이 날아오기 시작했다.

비행형 마수. 사익응(四翼鷹).

여왕의 기운을 느끼고 그녀의 지배하에 들어온 마수들이었다.

샨다는 표정을 굳히고 하늘을 가득 채운 사익응(四翼鷹)을 바라보았다.

지금까지 샨다가 우위를 점할 수 있었던 것은 오직 병력의 수 덕분이었다.

이제 그 병력의 수에서도 우위를 점할 수 없다.

그렇다면 어떻게든 지금 여왕을 죽여야만 한다.

샨다는 눈을 감고 집중을 시작했다.

'숫자로 안 된다면…….'

샨다는 가장 먼저 죽은 무사 중 가장 강한 존재를 찾았다.

바로 박동준.

박동준을 일으켜 세운 그녀는 다른 시체들에 남아 있던 내공을 전부 그의 몸으로 옮겼다.

'일어나라.'

죽은 자들의 신체와 내공을 이용해 하나의 절대적 존재를 만드는 것.

숫자로는 이길 수 없는 강자를 만났을 때 사용하는 비기였다.

강대한 기를 느낀 상혁은 고개를 돌려 박동준을 바라봤다.

"이건…….."

마치 철혈님을 앞에 두고 있는 듯한 느낌이 들 정도였다.

"유아린, 조심……!"

상혁이 뭐라고 입을 열기도 전에 박동준의 검이 그의 옆구리를 베었다.

'뭐?'

몸이 반응하지 않았다면 허리가 잘려 나갔을 것이다.

상혁이 옆구리를 잡으며 무릎을 꿇자 아린이 그를 지키기 위해 달려들었다.

그리고 그 순간 박동준 또한 아린을 보았다.

일검류(一劍流), 용섬(龍閃).

사자는 생전에 사용했던 기술을 그대로 사용할 수 있었다.

박동준은 일검류의 고수.

거기에 수백에 달하는 무사들의 내공을 받은, 육체적 한계도 존재하지 않는 박동준의 용섬은 혈극재신법과 나찰화를 한 아린의 눈에도 보이지 않았다.

챙! 하는 소리와 함께 아린은 성벽으로 날아가 그대로 박혔다.

귀혼갑 덕분에 몸이 두 동강 나는 것은 피했으나 이번 일격으로 내장이 뒤틀리고 갈비뼈가 전부 부서졌다.

"크윽……!"

박동준은 아린을 향해 걸어 나갔다.

'이제 끝낼 수 있다.'

샨다는 박동준의 시선으로 아린을 내려다보았다.

드디어 이 배신자를 벨 수 있다.

수십 년 동안 기다려 온 그 순간이다.

"아버지, 어머니. 드디어 이 배신자를 숙청합니다."

그렇게 눈물을 흘리며 말하는 순간, 누군가 잡아당기는 느낌과 함께 집중력이 흐트러졌다.

샨다가 눈을 뜸과 동시에 박동준이 다시 시체가 되어 쓰러졌다.

'왜……?'

당황한 그녀의 앞에는 과거의 여왕이 사랑했던 그 인간과 같이 황금빛 태양처럼 빛나는 남자가 서 있었다.

산다는 그의 얼굴을 본 뒤 말했다.

"이서하……."

다 끝났는데.

아주 조금만 더 있었으면 모든 것을 끝낼 수 있었는데.

산다는 머리를 쥐어뜯으며 분노를 담아 절규했다.

"꺄아아아아아!"

소름 돋는 비명이 청신 전역에 울려 퍼졌다.

산다까지 약 3리(1.2km).

아린이의 기가 요동치는 것이 여기까지 느껴지기 시작했다. 피를 너무 많이 보아 혈극재신법이 폭주를 하기 시작한 것이 분명했다.

'더 빠르게 가야 해.'

속도를 올린다.

이윽고 지붕을 박차며 최단 거리로 이동한 나의 눈에 박동준과 싸우는 아린이와 상혁이가 들어왔다.

'박 선인님…….'

박 선인님이 죽었구나.

심장이 내려앉는다.

여기서 죽을 사람이 아니었다.

내가 부탁하지 않았다면 평범한 임무를 하고 사자의 군대와 싸웠을 것이다.

회귀 전 역사와 같이 흘러갔다면 그는 참극 속에서 살아남아 조금 더 생을 이어 갔을 것이다.

내가 죽였다.

내가 흐름을 억지로 틀려고 한 탓에 박동준은 죽었다.

그러나 그런 감상에 빠질 때가 아니다.

내 탓으로 박 선인님이 죽었다면 최소한 그 일에 대한 책임은 져야 한다.

'동란을 끝낸다.'

나는 고전하는 아린이와 상혁이를 뒤로하고 샨다가 있는 성벽 위로 도약했다.

샨다는 눈을 감고 집중하고 있다.

단숨에 목을 벤다.

샨다만 없어지더라도 훗날 나찰과의 전쟁은 훨씬 수월해진다.

그녀가 일으킨 사자의 군대가 얼마나 많은 무사들을 죽이는지를 생각한다면 지금 반드시 없애야만 한다.

'죽어라, 샨다.'

그러나 나의 검은 샨다의 목에 닿지 못했다.

샨다에게 달려들어 검을 내려치는 순간 누군가 그녀를 잡아끌었고 천광은 허공을 갈랐다.

"……."

난 샨다를 구한 남자를 쳐다봤다.

백야차(白夜叉).

대곤산맥에서 죽이지 못한 백야차가 공중에서 나를 내려다보았다.

"이서하……."

정신 집중이 풀린 샨다는 나를 바라보다 비명을 지르기 시작했다.

"꺄아아아아악!"

백야차는 무표정하게 나를 바라보다가 입을 열었다.

"나중에 보자."

그 말을 끝으로 백야차는 성벽 아래로 떨어졌다.

샨다의 집중이 풀린 덕분에 박 선인은 다시 안식을 찾았다. 아린이와 상혁이가 무사하다는 건 그래도 불행 중 다행이었으나 나는 만족할 수 없었다.

'샨다를 죽였어야 했는데.'

그랬어야 한다.

박 선인님을 희생했기에 그에 걸맞은 결과를 만들어 냈어야만 한다.

'난 아직도 못났구나.'

하늘을 가득 채웠던 구름이 옅어지며 달빛이 새어 나오기 시작한다.

"할 일은 끝내야지……."

나는 서서히 밝아 오는 청신을 내려다보았다.

토막 난 시체들이 거리를 가득 채우고 있는 모습에 숨이 턱 막힌다.

"내가 시작한 일이니까."

충분히 피할 수 있음에도 활시위를 당기고 놓은 것은 바로 나다.

그러니 이번 일의 마무리도 내가 해야만 한다.

난 그렇게 아린이와 상혁이를 향해 내려갔다.

달빛이 환해지고 모든 철혈대원들은 망연자실한 얼굴로 사상자들을 처리했다.

다시 일어날지 모른다는 공포가 있었으나 내가 먼저 앞장 서서 수습을 시작하자 광명대와 김용호, 그리고 이준하를 필 두로 모두가 움직여 주기 시작했다.

"성문부터 처리한다. 모두 온전한 모습으로 만들어 가족들 에게 보내 주자."

"……네."

참혹한 장면을 많이 보지 못한 젊은 무사들은 헛구역질하면서도 다시 돌아와 작업을 진행했다.

이준하도 마찬가지였다.

아마 동료의 시신을 보는 것도 처음이겠지.

하지만 난 그런 이준하에게 더 강하게 말했다.

"우왝!"

"이준하, 정신 차려. 우리 가문을 위해 죽은 무사들이야."

나는 쓰러져서 토를 하는 이준하를 일으켜 세운 뒤 끌고 왔다.

이준하는 알겠다는 듯이 고개를 끄덕이고는 작업을 이어 갔다.

'될 수 있다면 이준하는 가주가 되어 주어야 한다.'

모두 청신의 차기 가주로 이건하와 나를 생각하고 있지만 그건 불가능하다.

신유민 저하가 왕이 된다면 이건하는 처형을 당할 것이고, 나는 일을 끝낸 뒤 왕국을 떠날 생각이다.

그렇다면 청신에 적법한 후계자는 준하만 남게 된다.

그러니 이준하는 선인이 되어 청신을 이끌어 나가야만 한다.

'지금부터라도 책임감을 배워야지.'

무의 재능이 뛰어나다고 할 수는 없으나 이준하 또한 할아버지의 피를 물려받았다.

피는 물보다 진하다고 하지 않던가.

적어도 어느 부분은 할아버지를 닮았겠지.

"용호, 너는 준하 좀 도와줘."

"네, 도련님."

김용호 또한 씁쓸한 얼굴로 준하에게 다가왔다.

좋은 친구도 있으니 좋은 가주는 아니더라도 나쁜 가주는 안 되지 않을까?

'아니면 내가 가주가 되고 가주 대리를 시켜도 되니까.'

최대한 훈련을 시켜 보자.

1번 대가 동료들의 시신을 수습하기 시작하고 나는 치료를 받는 아린이와 상혁이에게로 향했다.

"상처는 좀 어때?"

성벽에서 내려온 내가 가장 먼저 한 일은 두 사람을 치료하는 것이었다.

상혁이 같은 경우 수십 바늘을 꿰매야 했고 내장과 뼈를 다친 아린이 같은 경우는 안전하게 요양해야만 했다.

상혁이는 가만히 누워 엄지손가락을 들어 올렸다.

"내장이 쏟아져 내릴 뻔했지만 괜찮아."

"그 정도는 아니었어."

"그건 내가 만변무신공으로 반응을 했기 때문이지."

"너스레를 떨 기운이 있는 거 보니 괜찮네."

나는 녀석의 옆구리를 쿡 찔렀다.

"으아아악! 의원이 사람 잡네."

나는 바로 아린이에게로 향했다.

아린이는 나를 보자마자 바로 기절한 듯 쓰러졌다.

체력이 다한 것이다.

혈극재신법과 나찰화에 취해 미친 듯이 날뛰었으니 당연한 일이었다.

'제정신으로 이걸 보면 아무리 아린이라도 힘들 테니 어쩌면 다행이야.'

아린이에게 당한 사자(死者)의 몸은 다시 맞추기도 힘들 정도로 조각이 나 있었다.

아무리 냉정한 아린이라도 자신이 한 짓을 직접 본다면 쉽게 떨쳐 내기는 힘들 것이다.

"아린이는 어때?"

아린이의 맥을 짚고 있을 때 상혁이가 내 옆에 와 앉으며 물었다.

"상처 터지니까 움직이지 말라니까."

"만변무신공에 물처럼 자연스럽게 움직이는 법이 있거든. 그래서 누워 있는 것과 마찬가지라는 말씀."

"앉아 있는 거랑 누워 있는 건 다를 수밖에 없지만, 뭐 터져도 내 상처 터지는 건 아니니 신경 쓰지 않으마."

나는 아린이의 손목을 놓으며 말했다.

"인간이었으면 꽤 힘들었겠지만, 알잖아. 아린이는 나찰의 피가 섞인 거. 벌써 회복 중이야. 걱정할 거 없겠어."

갈비뼈가 부러지고 내장이 손상될 정도의 상처였다.

하지만 아린이의 몸은 벌써 정상으로 돌아오고 있었다.

그때 상혁이가 나를 빤히 보다 말했다.

"괜찮아?"

"응, 아린이는 괜찮아."

"아니, 너."

나 말인가? 내가 돌아보자 상혁이가 박 선인에게로 시선을 돌렸다.

"박동준 선인님. 네가 부탁해서 우리랑 같이 도르래 지킨 거잖아."

"그렇지."

"네 탓은 아니야. 무사가 작전 중에 죽는 게 어떻게 지휘관 탓이겠어. 죽으라고 사지로 보낸 것도 아니고."

상혁이는 위로하듯 말하다 입을 다물었다.

자기가 생각해도 별로 좋은 위로가 아니라고 생각했겠지.

"그러니까 그냥 네 탓이 아니라고."

"아니, 내 탓이야."

그리고 괜찮지도 않다.

하지만 안 괜찮으면 어쩌겠는가?

짊어지고 가야지.

"내 실패야. 내 실패."

그렇게 중얼거릴 때였다.

"도련님! 살아 계셨군요!"

저 멀리서 도종환을 비롯해 2, 3, 4번 대의 무사들이 나타났다.

"빨리도 나타나네."

나는 자리에서 일어났다.

마무리가 중요한 일이다.

"뭐라고 지껄이는지 한번 보자고."

그리고 도종환을 잡아 볼 생각이다.

부하들과 함께 도착한 도종환은 착잡한 얼굴로 참극을 살폈다.

부모와 나라를 잃은 듯한 얼굴.

연기라면 소름이 돋을 정도다.

이윽고 도종환과 그의 부대를 발견한 한 무사가 벌떡 일어나며 말했다.

"그쪽은 어디 있었지? 우리가 싸우는 동안 코빼기도 안 보이던데."

그러자 도종환은 죄책감 가득한 얼굴로 말했다.

"다른 지역에서도 전투가 많이 벌어졌다."

도종환의 말은 거짓이 아니었고 굳이 그의 말을 증명할 필요도 없었다.

모든 무사가 피범벅이 되어 있었으니까.

그리고 그것은 도종환도 마찬가지였다.

"지원이 늦은 건 미안하게 생각한다. 하지만 우린 전부 병영에서 대기하느라 상황을 인지하는 데 시간이 걸렸을 뿐. 일

40

부러 그런 건 아니니 용서해 주게."

머리는 피로 떡이 져 있었으며 얼굴에는 수심이 가득한 그에게 이 이상 뭐라고 할 수 있는 사람은 없었다.

"……됐습니다. 수습하는 거나 도와주시죠."

한마디 했던 무사는 크게 심호흡하며 다시 시체 수습에 열을 올렸다.

도종환은 고개를 끄덕인 뒤 바로 나에게 향했다.

"살아 계셨군요. 도련님."

"운이 좋았습니다."

도종환은 주변을 돌아보다 힘겹게 입을 열었다.

"믿을 수는 없으시겠지만 아무래도 1번 대의 사람들이 나찰과 손을 잡은 것만 같습니다."

역시나 동란의 주범으로 1번 대를 몰아가는 도종환이었다.

"그렇습니까? 왜 그렇게 생각하시죠?"

나의 질문에 도종환은 고개를 절레절레 흔들었다.

"그렇게밖에 생각할 수 없지 않습니까? 문의 개폐 장치를 해제한 것도 1번 대였으며 박동준 선인님이 도르래를 열었다고 들었습니다."

"박 선인님이요? 그걸 어떻게 아시죠?"

"저도 보고를 받은 것입니다. 그리고 당시 북문을 지키던 이들 중 살아남은 이들도 그렇게 보고했고요. 안 그런가?"

그러자 1번 대 소속의 한 무사가 우물쭈물하며 말했다.

"그, 그렇습니다. 저도 보고 믿을 수가 없었지만……."

도종환은 한숨과 함께 말했다.

"철혈님의 직속이라고 할 수 있는 1번 대가 그렇게 오염이 되어 있을 줄이야. 좋은 선배였는데. 그게 다 거짓이었다니."

도종환이 얼굴을 쓸어내리는 모습에 그의 부하들이 그를 위로하기 시작했다.

아주 가관이다.

죽은 박동준을 이 동란의 주범으로 삼아 할아버지를 공격할 생각이다.

어차피 나는 수도로 돌아갈 몸.

영웅 놀이 좀 시켜 줘도 상관없다고 생각하는 것이겠지.

내가 말없이 가만히 있자 도종환은 계속해서 지껄였다.

"도련님의 대원분들도 봤을 텐데요. 박동준 선인이 문을 내리는 것을."

상혁이는 아무 말 없이 도종환을 노려보았다.

도종환은 순수한 얼굴로 고개를 갸웃했다.

"아닙니까? 그럼 보고가 잘못된 겁니까?"

도종환은 보고해 온 1번 대 무사를 돌아보고는 외쳤다.

"너 똑바로 본 것이 맞느냐? 만약 박 선인님을 음해하려는 것이라면 가만두지 않을 것이다!"

"아닙니다! 똑바로 보았습니다."

"후우, 그만."

이건 뭐 저잣거리 연극을 하는 것도 아니고.

나는 상혁이를 보며 말했다.

"본 대로 말해 줘. 상혁아."

"도르래를 내린 건 박동준 선인님이 맞지만 그 시점에 이미 돌아가신 상태였습니다. 아마 다른 무사들과 마찬가지로 그 전에 죽어 조종당했을 겁니다."

"그걸 어떻게 확신하죠?"

"목이 날아간 상태로도 도르래를 돌렸으니까요. 제가 목을 날렸으니 가장 잘 알고 있습니다."

그러자 도종환이 턱을 잡고 말했다.

"그걸로는 확신할 수 없습니다."

"네?"

"살아서 도르래를 돌리다 당신한테 죽은 뒤 조종당했을 수도 있으니까요."

"무슨 개소리……."

"됐어."

나는 상혁이를 말렸다.

도종환은 마치 이해한다는 듯 타이르는 표정으로 말을 이어 갔다.

"압니다. 저도 박 선인님이 이런 일을 벌였다고는 믿기 힘드니까요. 실제로 무사님의 말대로 박 선인님은 이미 죽은 상태였을 수도 있습니다. 하지만 그걸 증명할 수 없는 지금으로

써는 그분이 나찰과 손을 잡고 동란을 주도했다고밖에는 볼 수 없겠네요."

도종환의 말이 끝나기가 무섭게 그의 부하들이 외쳤다.

"그럼 이게 다 1번 대 놈들 때문 아닙니까?"

그러자 시체를 수습하던 1번 대가 발작하듯 일어나 그들에게 달려들었다.

"뭐? 이 새끼야? 다시 한번 말해 봐."

"너희들 사이에 쥐새끼가 껴 있던 거 아니야! 너희들 때문에 몇 명이나 죽었는지 보라고!"

"그게 왜 1번 대 잘못이야!"

도종환이 원한 것이 이런 그림일 것이다.

"모두 그만! 지금 서로 싸울 때인가?"

도종환은 주도권을 잡고 말을 이어 갔다.

"진상 규명은 제가 책임지고 하겠습니다."

"도 대장님이요?"

"네, 부탁합니다. 철저하게 조사해 다시는 이런 일이 일어나지 않게끔 최선을 다하겠습니다."

부하들 앞에서 고개를 숙여 부탁한다.

이 또한 계산된 행동이다.

명분 없이 거절한다면 도종환의 부하들은 이 와중에도 정치를 생각하냐며 날 좋지 않게 볼 테니 말이다.

그렇다고 도종환을 조사단장으로 임명한다면 박 선인님이

이 동란의 주범이 될 것은 불 보듯 뻔하다.

박동준은 명실상부 할아버지의 사람이니 전부 이건하가 원하는 대로 되는 셈이지.

'하루밖에 없었을 텐데. 판을 잘 만들었네.'

그러나 나에게도 아직은 비장의 수가 남아 있다.

"뭐, 중요한 보고가 남았으니 그걸 들어 보고 결정하죠."

"중요한 보고 말입니까?"

"네, 마침 오네요."

내 말이 끝나기가 무섭게 내 옆으로 박민주가 착지했다.

도종환은 미간을 찌푸리며 말했다.

"이분은……."

"제 부탁으로 도시 중앙에 있는 감시탑에 계속 있었습니다. 북문도 훤히 보이는 그런 곳이죠. 우리는 한 가지만 알면 됩니다. 박동준 선인이 살아서 도르래를 돌렸나, 죽어서 도르래를 돌렸나. 만약 죽었다면 누가 죽인 것인가. 민주야. 박동준 선인님은 죽어서 도르래를 돌린 게 맞아?"

"맞아."

"그래. 그럼 누가 박동준 선인님을 죽였지?"

민주는 손가락을 들어 도종환을 가리키며 말했다.

"도종환. 당신이잖아."

순간 도종환의 얼굴이 굳어졌다.

그래, 그런 표정을 보고 싶었다.

"해명해 보시겠습니까? 도 선인."

이제 주도권은 나에게 넘어왔다.

Chapter 67.

내가 박민주에게 내린 명령은 한 가지.

도종환을 감시하고 북문에서 일어나는 모든 일을 보고하라는 것이었다.

"네 위치를 들키면 공격을 받을 수도 있어. 그러니까 웬만하면 화살을 날리지 말도록 해."

"응. 알았어."

천리사궁을 익힌 그녀는 시야만 확보된다면 10리 정도는 능히 볼 수 있었기에 도종환이 어디 있든 감시할 수 있었다.

아마 박동준을 만나는 것도 보았겠지.

도종환이 말없이 노려보자 박민주가 말을 이어 갔다.

"당신이 박동준 선인님을 찌르는 걸 분명히 보았어. 박동준 선인님이 움직여 잘못 본 것으로 생각했지만……."

박민주는 분하다는 듯이 인상을 찌푸렸다.

"내가 그때 당신을 죽였어야 했는데."

달빛 하나 없는 밤이기에 작은 단도, 그것도 매우 조심스러웠던 도종환의 기습을 정확히 보기란 어려웠을 것이다.

더군다나 박동준이 바로 움직임을 보였으니 자신이 잘못 보았다고 착각하는 것도 어쩔 수 없지.

도종환은 그런 박민주를 가만히 내려다보다 한숨을 내쉬었다.

"내가 박 선인님을 만났던 게 습격이 있기 일각 정도 전이었나? 분명 달빛 하나 없는 시간이었던 걸로 기억합니다. 수고하는 문지기에게 먹을 것도 좀 주고 박 선인님에게 상담도 받을 겸 적당히 멀어졌죠. 아시겠지만 횃불은 문 앞에만 있고 저런 구석에는 없습니다."

도종환은 횃불이 있는 곳을 쳐다본 뒤 말했다.

"제가 무슨 잘못이라도 했습니까? 도련님."

도종환은 마치 자신이 피해자인 척 슬픈 얼굴로 말했다. 표정을 바꾸고 분위기를 주도하는 데 능수능란한 사람이다.

"중앙 감시탑은 말 그대로 도시 정중앙에 있는 높은 탑입니다. 밝은 대낮이라 하더라도 사대문(四大門)에서 일어나는 일을 정확히 볼 수 없죠. 그런데 이 어둠 속에서 보았다고 우기다니. 너무하신 거 아닙니까? 제가 이건하 도련님을 따르기 때문입니까?"

정치적 공작으로 몰아가는 것이다.

도종환의 부하들은 분노한 듯 나를 노려보았다.

그렇겠지.

저들과 함께 사자들을 베며 여기까지 온 것은 도종환이다.

내가 아무리 청신의 도련님이라고 하더라도 나와의 유대감보다는 도종환과의 유대감이 훨씬 클 것이다.

박민주는 흥분한 듯 외쳤다.

"난 볼 수 있다고! 신평의 이름을 걸고 맹세할 수 있어."

"그런 맹세는 저도 할 수 있습니다. 제 가문의 명예를 걸고 그저 박 선인님에게 조언을 구했을 뿐입니다. 믿어 주시지 않을 거 같지만."

"으으……!"

나는 흥분한 민주의 머리 위에 손을 올렸다.

원래 이런 건 먼저 흥분하는 쪽이 지는 것이다.

"그러니까 요는 민주가 똑바로 못 봤을 것이다. 그 얘기 아닙니까?"

"그렇습니다. 도련님."

"그럼 증명하면 되겠네. 지율아. 종이랑 먹물 좀 가져와 줄래?"

지율이는 고개를 끄덕이고는 종이와 붓을 가져왔고 나는 바로 도종환에게 건넸다.

"적고 싶을 걸 적은 뒤 성벽 끝으로 가져가십시오. 만약 민주가 그걸 읽을 수 없다면 바로 사과하죠."

도종환의 말을 논파하는 건 매우 쉬운 일이다.

민주의 눈이 얼마나 좋은지를 모두에게 보여 주면 된다.

도종환은 종이를 받아 들고는 굳은 얼굴로 나를 쳐다보았다.

"하기 싫은 겁니까? 무죄를 증명할 수 있는 손쉬운 방법인데. 겁나시면 안 해도 됩니다."

"……아뇨, 좋은 생각입니다."

도종환은 비릿한 미소와 함께 고개를 끄덕였다.

"어디 한번 해 보죠."

도종환은 종이에 쓸 내용을 생각하다 박민주를 힐끗 보았다.

눈에서 이채가 뿜어져 나오는 것이 확실히 뭔가 무공을 익힌 모양이었다.

그러나 그 멀리서 북문을 감시한다는 건 불가능하다.

일부러 달이 뜨지 않는 밤을 골라 거사를 진행한 것이었으니 말이다.

'철혈님이라도 완벽하게 볼 수는 없는 거리다.'

그걸 저런 소녀가 할 수 있을 리가 없다.

'상황을 조합해 만들어 낸 말들이겠지.'

그럴싸했으나, 아니 사실 거의 정확하나 뛰어난 추론일 뿐이다.

'이서하는 아마 내가 쓰는 모양을 본 뒤 그것을 말할 생각일 것이다.'

눈이 좋은 무사들은 손의 움직임만 보고도 그가 어떤 글씨를 적었는지를 알 수 있다.

아마 그것이 이서하의 작전이 아닐까?

박민주로 하여금 손의 움직임으로 글자를 예측하게 해 증언에 힘을 싣는 것이다.

'좋은 생각이 낫다.'

도종환은 비릿한 미소를 지으며 고개를 끄덕였다.

"……아뇨, 좋은 생각입니다. 어디 한번 해 보죠."

도종환은 일부러 훤히 보일 정도로 큼직하게 글자를 적은 뒤 반으로 접었다.

적은 글자는 단 한 글자.

바로 석 삼(三).

딱히 눈이 좋지 않아도 쉽게 예상할 수 있는 글씨였다.

"그럼 직접 가지고 가겠습니다. 혹시 모르니까요."

"그러십시오."

이서하가 고개를 끄덕이자마자 도종환은 성벽의 끝으로 향했다.

횃불조차 점으로 보이는 거리.

절대로 글자를 읽을 수 있을 리가 없었다.

그러나 도종환은 한 가지 함정을 더 설치했다.

바로 종이를 펼치지 않은 것이다.

'삼을 말하겠지.'

박민주가 손이 움직이는 것을 보고 삼을 이야기한다면 도종환은 종이를 펼치지 않았음을 밝히고 이서하와 박민주를 웃음거리로 만들 생각이었다.

'자, 이 정도면 되었나?'

도종환은 다시 북문 앞으로 복귀했다.

"글자는 보셨습니까?"

도종환의 말에 이서하는 고개를 끄덕이며 말했다.

"부하들에게 이미 말해 놓은 참입니다. 그럼 어떤 글자를 썼는지 말해 주시겠습니까?"

도종환은 말없이 종이를 펼쳐 글자를 보여 주었다.

부하들의 표정이 여전히 굳어 있는 것으로 봐서는 박민주가 분명 삼(三)이라고 말한 것이 분명했다.

"설마 삼(三)이라고 말했습니까?"

그리고는 피식 웃으며 말을 이어 갔다.

"분명 종이에는 이렇게 적혀 있지만 전 종이를 펼치지 않았습니다."

함정에 걸린 것이다.

도종환은 의기양양하게 말했다.

"정말로 눈이 좋았다면 제가 종이를 펼치지 않은 것도 보았겠죠?"

자, 어떤가?

도종환은 작게 숨을 내쉬며 말했다.

"저에게 누명을 씌우고 싶으신 거 같은데 언제나 뛰는 놈 위에는 나는 놈……."

"도, 도 대장님."

도종환은 떨리는 목소리로 자신을 부르는 부장을 돌아보았다.

부하들의 놀란 얼굴을 확인한 도종환은 그제야 무언가 잘못되었다는 것을 깨닫고는 표정을 굳혔다.

'설마…….'

종이를 펼치지 않았다고 말한 것인가?

설마 이서하에게 모든 것이 읽힌 것일까?

'아니, 그것도 아니라면…….'

그리고 굳어 버린 도종환을 향해 이서하가 다가가며 말했다.

"뭔가 복잡하게 생각한 거 같은데……."

그리고는 그의 어깨에 손을 올리며 말했다.

"다 볼 수 있다고 하지 않았습니까?"

도종환은 침을 삼켰다.

어둠 속에서 약 3리(1.2km)를 볼 수 있는 방법은 없다고 생각했다.

그런 말도 안 되는 능력은 분명 속임수라고 생각했다.

그러나 복잡하게 생각하는 것은 도종환 한 사람뿐이었다.

지금까지 이서하와 박민주가 한 말은 모든 것이 사실이었다.

"이런 말도 안 되는……."

진짜 초능력 앞에서 인간의 잔꾀는 아무 소용이 없었다.

이서하는 주지율과 김용호에게 말했다.

"도 선인을 옥에 가둬라."

여기서 난동을 부리면 아마 분노한 무사들의 칼에 온몸이 난도질당할 것이었다.

이서하는 무릎을 꿇은 도종환을 향해 걸어가 말했다.

"곧 긴밀히 대화를 나눠 봅시다. 도 선인."

순간 도종환의 온몸에 소름이 돋았다.

이서하는 모든 것을 알고 있는 눈치였다.

이번 작전부터, 배후까지 모두.

'그걸 알면서도 동란을 일으키게 놔둔 것이다.'

이건하와는 다른 종류의 괴물.

절망적인 상황에 도종환은 빠르게 머리를 굴렸다.

'단순히 감정으로 움직이는 사람이 아니라면.'

그렇다면 아직 희망은 남아 있다.

감정적인 사람이라면 이 참극을 만든 자신을 용서하지 못할 테지만, 감정을 배제하고 이성적으로 움직이는 사람은 쉽게 그러지 못할 것이다.

'내가 가진 정보가 내 목숨줄이다.'

이건하든 이서하든.

자신을 구원해 주는 쪽에 설 생각이다.

긴밀한 대화를 하자고 했는가?

도종환은 빠르게 고개를 끄덕였다.

"그러죠. 도련님."

그렇게 청신동란이 마무리되었다.

◆ ◈ ◆

청신동란의 결과는 이건하와 이주원의 귀에도 들어갔다.

"도종환이 동란의 주모자로 지목되었습니다."

전가은의 보고에 이건하와 이주원은 동시에 표정을 굳혔다.

"도종환이?"

"네. 신평의 박민주가 모든 것을 본 모양입니다."

"알았다. 수고했어."

이주원의 말에 전가은이 사라졌다.

"도종환이 주동자로 지목되었다면 선인님의 세력은 괴멸되었다고 보는 게 맞겠군요."

"……."

이건하는 말이 없었다.

이주원은 조용히 차를 마시며 이건하가 말을 꺼내기를 기다릴 뿐이었다.

'청신이 이서하에게 넘어갔다.'

신유민에게서 청신을 빼앗을 기회는 이제 사라진 것이다.

도종환은 죽을 것이고 그의 부하들은 청신을 지킨 이서하에게 마음을 열 것이다.

무엇보다 도종환과 이건하의 친분을 알고 있는 이들이니 동란을 일으킨 것이 이건하일 수도 있다는 의심을 품겠지.

이건하야 도종환이 홀로 계획하고 실행한 일이라고 말하면 그만이겠지만 그를 향한 의구심이 생겼다는 것이 중요하다.

'청신의 영웅은 이서하다.'

그리고 그 또한 자신이 영웅이 될 생각으로 동란을 기꺼이 맞이했겠지.

'괴물이구나. 이서하.'

이서하도 괴물이다.

사람 좋은 척, 자신이 정의인 척 행동하지만 그 또한 사람들의 시체를 발판 삼아 높은 곳으로 향하고 있는 괴물일 뿐이다.

'무슨 생각일까?'

이건하는 아무 말도 없이 허공을 바라보고만 있을 뿐이었다.

궁금증을 참을 수 없었던 이주원은 이건하를 향해 말했다.

"무슨 생각을 하십니까?"

"……아, 죄송합니다."

이건하는 작게 숨을 내쉬고 말했다.

"도종환을 어떻게 처리하는 게 좋을지 생각 중이었습니다."

"……네?"

이 와중에 가장 먼저 생각한 것이 도종환의 처리 방법이었나?

작전 실패에 대한 아무런 동요도 없는 표정으로 말이다.

상상도 못 한 반응에 이주원이 멍하니 있자 이건하가 고개
를 갸웃했다.

"왜 그러십니까? 도종환은 계산이 빠른 인물입니다. 지금
까지는 이쪽에 붙는 게 좋다고 생각했겠지만, 잡힌 이상 자기
가 가진 정보를 가장 비싸게 팔려고 하겠죠. 그러니 죽여야
합니다. 그런 놈에게 휘둘릴 수는 없으니 말이죠."

"……냉철하시네요."

"누구나 생각할 일입니다."

아니, 누구든 1년을 준비한 작전이 실패했다고 들으면 화
부터 내겠지.

그러나 이건하에게는 실패에 대한 분노도, 아쉬움도, 걱정
도 없다.

결과는 결과대로 아무렇지 않게 받아들이고 그다음 일을
생각하는 것이다.

'언제 봐도 한결같이 기분 나쁜 사람이네.'

이주원은 생각과는 정반대의 환한 미소와 함께 말했다.

"뒤처리 잘 부탁합니다. 그 사람은 너무 많은 걸 알고 있으
니까요."

"그럼 가 보겠습니다."

이건하가 밖으로 나가자 대기하고 있던 백야차가 안으로 들어왔다.

이주원은 바로 자리에서 일어나며 말했다.

"샨다 씨는 무사한가요?"

"화병이 나서 드러누운 거 빼고는 무사해."

"수고하셨습니다."

백야차는 이건하가 앉았던 자리에 앉으며 말했다.

"여왕이 마수를 부리기 시작했다."

"……."

"나찰처럼 음기도 아주 잘 사용하더군."

이주원은 고개를 끄덕였다.

"그럼 아티카 씨보다 더 지배력이 높겠네요."

"그렇겠지. 그 혈족은 여자들이 더 강하니까. 우리에게 군대라고는 이제 샨다뿐이야."

"선생이 이미 많은 수의 나찰을 소집해 놓았으니 걱정하실거 없습니다."

"아니, 해야지. 여왕인데."

백야차는 진지한 얼굴로 말했다.

"그리고 이서하는 이제 일개 무사가 아니야."

이주원은 동감한다는 듯 고개를 끄덕였다.

여왕과 신평, 그리고 이번에 청신까지.

이서하의 말 한마디에 움직일 무사의 수는 이제 수천이 넘어갔다.

"신세력(新勢力)의 등장이다."

힘의 균형이 점점 기울어져 가고 있었다.

청신의 전옥서.

강철 사슬에 양손이 묶인 도종환은 감옥 안을 살펴보다 고개를 돌렸다.

간수가 육중한 철문을 닫고 자물쇠를 채울 때 도종환이 말했다.

"거기, 2번 대원 아닌가? 혹시 물 한 잔만 받을 수 있을까?"

"……."

간수는 말없이 자물쇠를 흔들고 몸을 돌려 앞을 바라볼 뿐이었다.

'이미 마음이 돌아섰군.'

마지막의 순간 2, 3, 4번 대. 즉 자신을 믿고 따르던 부하들의 얼굴을 본 도종환이었다.

불신의 표정.

부하들에게 뭔가를 기대할 수는 없다.

그러나 도종환은 자신이 곧 풀려날 것이라고 믿어 의심치 않았다.

'난 아직 쓸모가 있다.'

만약 도종환이 모두의 앞에서 이번 동란이 이건하가 계획한 것이라고 폭로한다면 청신의 차기 주인은 이서하로 확정되게 된다.

그뿐인가?

이건하는 청신의 주적이 될 것이다.

그 말은 즉 철혈의 적이 된다는 것.

'아무리 신태민 저하라도 아직 철혈님을 무시할 수는 없다.'

도종환의 말 한마디라면 이건하는 모든 것을 잃게 될 것이다.

하지만 그렇다고 당장 이서하에게 붙을 생각은 없었다.

'이서하도 만만치 않아. 필요가 없어지면 분명 날 죽이려고 하겠지.'

확실한 생존이 보장되기 전까지는 절대 폭로하지 않을 생각이었다.

'뭐, 그 전에…….'

그렇게 멍하니 동이 터 오는 것을 바라볼 때였다.

"커흑."

간수들이 쓰러지면서 한 남자가 모습을 드러냈다.

도종환은 기다렸다는 듯이 자리에서 일어나 남자를 마주했다.

'이건하가 먼저 움직이겠지.'

장발을 휘날리며 들어온 남자의 이름은 진명.

신태민의 호위 무사이자 해결사였다.

"그쪽이 도종환인가?"

도종환은 미소를 지었다.

"빨리 오셨네요. 도종환 맞습니다. 그쪽은?"

"……진명."

진명이라는 이름에 도종환은 미소를 지었다.

'거물이 왔네.'

신태민의 호위 무사 진명의 이름은 익히 들어 알고 있었다.

진명은 자물쇠를 연 뒤 안으로 들어왔다.

흉흉한 살기에 침이 절로 넘어간다.

'신태민의 대업에 방해가 되는 자들을 전부 처리하는 해결사라고 했던가?'

얼마나 많은 강자를 죽였을까?

'그렇다고 날 죽일 수는 없겠지.'

도종환은 심호흡하며 긴장을 풀었다.

만약 도종환이 누군가에게 살해된다면 그거야말로 또 다른 배후가 있다는 결정적 증거가 된다.

이 경우에는 당연히 이건하가 진짜 배후로 의심받을 것이 분명했다.

이건하가 최소한 생각이란 걸 할 수 있는 놈이라면 절대 자신을 죽이지 않을 것이다.

그렇게 생각했다.

"와 주셔서 감사합니다. 일단 빠져나가면 상황을 말씀해 드리죠."

"……."

강철 사슬을 내려다보던 진명은 어깨를 으쓱하며 말했다.

"빠져나갈 필요 없다."

순간 등골이 오싹해진 도종환은 서둘러 입을 열었다.

"절 죽일 생각이십니까? 그럼 누군가 제 배후에 있다는 게 다 들통날 텐데요. 이건하 선인님 말고도 신태민 저하까지 위험해질 수 있습니다."

"그런 걱정은 없다."

진명은 절멸도(絶滅刀)를 꺼낸 뒤 도종환의 발을 살짝 그었다.

도종환은 고통에 인상을 찌푸린 뒤 진명을 노려보았다.

"이게 무슨……."

독이라도 있는 것일까?

도종환은 이를 악물며 말했다.

"독이라도 사용하는 겁니까? 이서하라면 제 사인을 알아낼 텐데요. 괜찮겠습니까?"

마지막까지 허세를 부려야 한다.

그것이 유일하게 살아남을 수 있는 방법이니까.

하지만 진명은 신경도 쓰지 않는다는 듯 밖으로 나가며 말했다.

"죽는 방법은 네 자유다."

"뭐?"

이윽고 도종환이 겪은 최악의 일들이 증폭되어 나타나기 시작했다.

◆ ◈ ◆

도종환은 자신의 손으로 목을 졸라 자살했다.

간수들은 모두 나에게 머리를 조아리며 사죄했다.

"죄송합니다. 어느 순간 잠이 들어 버리는 바람에. 제가 깼을 때는 이미……."

"괜찮다. 어쩔 수 없지."

5명이 넘는 간수들이 동시에 잠들었다고?

그건 누가 침입했다는 말이나 다름없다.

그러나 도종환 스스로 목을 졸라 죽었으니 간수들로서는 자살이라고밖에는 보고할 수밖에 없었다.

'진명인가?'

전가은을 죽일 뻔한 그것이 분명했다.

인간의 가장 어두운 과거를 반복적으로 체험하게 만들어 스스로 목숨을 끊게 만드는 그것.

'빨리도 움직였네.'

경비를 더 삼엄하게 해야 했나?

아니다, 상대가 진명이라면 누굴 세워 놨어도 방법을 찾아 죽였겠지.

상대는 꼬리를 잘랐지만 그래도 결과적으로 나의 승리라는 덴 변함이 없다.

도종환이 배후임이 전부 드러났고 이제 청신엔 이건하의 사람은 없어졌으니 말이다.

"마수들 밥으로라도 던져 줘라."

"네. 도련님."

남은 것은 쌓이고 쌓인 뒤처리였다.

부상자들은 아버지를 필두로 한 의원들이 치료했고 장례식은 이준하가 대표로 나가 진행하기로 했다.

무사들의 가족들이 서럽게 우는 것을 보면 가주의 무게를 생생하게 경험할 수 있을 테니 말이다.

'죽은 무사들에게 줄 보상금, 도시 재건 자금, 거기에 무사들까지 보충하려면……'

할 일이 태산과 같다.

'가문의 돈을 다 써도 모자라겠네.'

하지만 이럴 때를 대비해서 만들어 놓은 것이 있다.

바로 은악상회(銀岳商會).

'올해는 엘리자베스가 못 온다고 했었지.'

엘리자베스는 헤리슨 상회 장악에 힘을 쏟고 있어 그녀의 부하들만 원정을 왔다.

나 또한 더 급한 일이 많았기에 모든 거래는 변승원에게 맡겨 놓은 상태였다.

'자금은 거기서 충당하면 될 것이고.'

변승원의 보고에 따르면 갈리아 제국과의 독점 거래를 통해 상당한 수익을 벌어들였다고 했다.

왕실에 수수료와 세금을 내고 남은 것만 하더라도 충분히 보상금과 도시 재건 자금을 충당할 수 있으리라.

'남은 건 철혈대의 부활인데.'

지금의 철혈대는 이름만 철혈대지 그냥 평범한 대대나 다름없다.

그나마 있던 소수의 정예마저 이번 동란에서 죽었으니 그 힘은 더 약해진 상황이었다.

'훗날 나찰과의 전쟁을 위해서라도 철혈대는 더 강해져야 한다.'

할아버지가 허무하게 죽는 것만큼은 막아야 하니 말이다.

거기다 나에게는 언제든 내 명령에 따라 움직여 줄 거대한 부대가 필요했다.

'광명대가 커지는 건 불가능할 테니 말이야.'

내가 대장으로 있는 광명대가 커질 경우 신태민 측에서도 경계를 할 것이 분명했다.

분명 세작도 침투해 오겠지.

괜히 크기가 커져 오합지졸이 되는 것보다 내가 신뢰할 수 있는 소수 정예로만 구성하는 것이 더 효율적이다.

'슬슬 생각해 보자.'

어떤 부대를 철혈대로 만들 수 있을지를 말이다.

◆ ◈ ◆

약 일주일 뒤.

할아버지가 청신으로 돌아왔다.

굳은 얼굴로 돌아온 할아버지는 가장 먼저 무사들이 안치된 공동묘지로 향해 참배를 드렸다.

"아아, 긴장되네. 긴장돼."

"다 늙어서 주접떨지 말게. 최 도공."

대장장이 김씨 할아버지와 도공 최씨 할아버지는 깔끔한 예복을 입고 할아버지를 기다렸다.

"술도 마시고 그랬다면서요?"

"무사도 아닌 것들이 가주님을 뵈면 얼마나 뵈었겠습니까? 도시가 적당히 자리 잡고 나서는 한 번도 뵌 적이 없습니다."

"그건 최 도공 말이고."

박 화백은 침을 삼켰다.

"우리 둘은 민망해서 한 번도 뵌 적이 없습니다."

민망해서 뵌 적이 없다라.

그럼 서로 안 보고 산 지가 거의 30년이라는 소리인가? 그럼 긴장할 만도 하지.

최씨는 옷이 불편한지 계속해서 꿈질거리며 말했다.

"크흠. 너무 힘준 거 같지는 않죠? 도련님?"

"자세만 좀 편하게 하면 괜찮을 거 같습니다."

"에이, 편할 수가……."

"어, 오셨다."

할아버지가 청신산가에 모습을 드러내는 그 순간 세 노인이 동시에 한쪽 무릎을 꿇었다.

굳은 얼굴로 들어오던 할아버지는 옛 동료들을 보고는 처음으로 웃음을 보였다.

"허어, 네놈들……!"

"대장님을 뵙습니다."

"한 번 인사를 오지 않더니 이제야 나타나는 것이냐?"

"그럴 면목이 서지 않았습니다."

"괜찮다. 너희들의 활약은 일찍이 보고를 받아 들었다. 그래도 뼈는 안 삭았나 보구나. 그래, 이왕 이렇게 다시 무도를 걷기 시작했으니 전하께도 인사를 드리러 가자."

"전하께는……."

세 노인이 말을 줄이자 할아버지가 그들의 어깨를 두드리며 말했다.

"이번 여행에서 너희 얘기를 하시더구나. 용서해 주셨다."

그 말에 세 노인은 그대로 굳었다.

용서?

무슨 용서를 말하는 것일까?

나는 달달 외워 놓은 역사를 가만히 생각하다 눈을 떴다.

'아, 태자 저하.'

과거 태자 저하가 죽었던 그 전투.

저 세 사람이 철혈대를 나간 그날이 바로 태자 저하가 죽은 날이었다.

'저 세 사람이 호위였구나.'

주인을 지키지 못한 호위 무사는 대역죄인과 같다.

모든 무사가 부러워할 만한 경지에 이르렀음에도 자신의 무를 뽐내지 않고 평범하게 살아간 것은 아마 그에 대한 속죄였을 것이다.

"……저희는 용서받을 수 없습니다."

"그건 용서하는 사람이 선택할 일이지. 그러니 이제 숨어 살지 않아도 된다."

할아버지는 굳은 얼굴로 말했다.

"다른 의미로 청신을 재건해야 하니까. 안 그러냐. 서하야."

"맞습니다."

나는 고개를 끄덕였다.

할아버지는 고개를 숙이고 있는 세 노인에게 말했다.

"최두호 너는 1번 대장을 맡아라. 김경모는 2번, 박장우가

3번이다. 그런 거추장스러운 옷은 벗어 던지고 복귀해라."

"……네. 대장."

세 사람은 일어나 얼른 청신산가 밑으로 내려갔다.

"어이, 최 도공. 울지 말라고."

"으흑, 으흑. 나는 그냥 눈에 먼지가 들어간 거야. 으흑."

"아이고, 노인네들 추잡스럽기는…… 히흑."

백발노인들이 훌쩍거리는 모습에 할아버지는 피식 웃으며 말했다.

"아효, 저놈들은 언제 어른이 될까? 결혼을 안 해서 그런지 아직도 애야. 애."

그리고는 표정을 굳히며 본론으로 들어갔다.

"그래서 이번 동란이 도종환과 은월단이라는 놈들이 한 짓이라고?"

"일단은 그렇게 밝혀졌습니다."

"일단은 말이냐?"

"네."

"……그래, 알았다."

할아버지는 가만히 내 눈을 내려다보다 넘어가 주었다.

이건하의 이름을 꺼내는 걸 생각해 보지 않은 것은 아니다.

하지만 증거가 없다.

회귀 전, 지금과 상황이 많이 다르긴 하지만 할아버지는 이건하를 많이 아꼈다.

증거도 없이 이건하에 대해 말을 한다고 해서 할아버지가 믿어 줄 가능성도 크지 않았으며 만에 하나 믿어 준다고 하더라도 오히려 미래를 크게 틀어 버릴 수 있다.

'이건하를 죽이려다 내 최고의 무기가 사라질 수 있다.'

미래의 정보.

그것이 사라지면 난 그저 평범한 무인에 지나지 않으니 말이다.

그렇게 생각할 때 할아버지가 입을 열었다.

"네가 말한 철혈대 재건은 어떻게 할 생각이냐? 철혈대가 다시 과거와 비슷한 수준이 되려면 꽤 오랜 시간이 걸릴 텐데."

"네, 그래서 실력 있는 부대를 철혈대로 편입할 예정입니다."

"그런 부대가 있느냐?"

현재 이 나라의 정예라고 한다면 총 세 부대를 말할 수 있다.

백성엽 장군이 이끄는 신태민의 군단.

박진범과 박민아가 새로 육성하고 있는 신평대.

그리고 최전방에서 제국과 동부 왕국을 막고 있는 계명수비대가 있다.

그러나 소속이 확실한 그 세 부대를 철혈대로 편입할 수는 없다.

그렇다면 남은 것은 한 가지.

철혈대로 편입할 수 있으면서 조금의 훈련만으로 위의 세 부대와 비견되는 강함을 가질 수 있는 유일한 부대.

"저는 육도를 철혈대로 만들 생각입니다."

바로 육도가 이끄는 육연대(六聯隊)다.

이미 그중 하나인 육도검의 연대에는 내 회귀 전 스승님이 훈련대장으로 있으니 반쯤은 내 부대라고 볼 수 있다.

"육도라……. 야망이 있는 놈들일 텐데 순순히 들어와 주겠느냐?"

"인맥은 이럴 때 써먹어야죠."

육도검 이재민.

생명의 은인인 나를 위해 움직일 시간이다.

청신동란으로부터 약 일주일이 지났고 나는 수도로 복귀했다.

청신 안정화는 할아버지 혼자서도 충분했으니 말이다.

아니, 이제 혼자도 아니신가.

'그 세 분을 살린 건 생각지 못한 수확이다.'

박동준의 죽음은 어떤 식으로도 사죄할 수 없겠지만 할아버지에게 믿을 수 있는 부하가 셋이나 더 생겼다는 건 고무적인 일이니 말이다.

수도는 의외로 평화로웠다.

청신에서 그런 난리가 났으니 화젯거리가 되어 있을 줄 알았는데 말이다.

"나는 신유민 저하부터 만나고 올게."

친구들과 헤어진 나는 바로 신유민 저하의 집무실로 향했다.

"실례하겠습니다."

집무실에는 정해우와 서진후가 함께였다.

다행히도 재판이 잘 끝나 서진후를 호위 무사로 배정할 수 있었던 모양이다.

신유민 저하는 나를 보고는 벌떡 일어나 다가와 안아 주었다.

"고생이 많았다."

남자들끼리 이게 뭐 하는 건지 모르겠지만 그만큼 정이 많은 사람이라는 거겠지.

"내 꼭 배후를 찾아 구족을 멸할 것이야."

"아니, 그러면 안 되는데요."

"응?"

"아닙니다."

배후의 구족을 멸하면 나도 죽는데 말이다.

이례적인 분노를 보인 신유민 저하는 자리에 앉으며 말을 이어 갔다.

"이미 후암에 부탁을 해서 배후를 찾고 있었다. 아무런 소득도 없긴 하지만 그래도 후암이니 믿고 기다리면 뭐라도 나올 거야."

"그렇겠네요."

굳이 여기서 조사하지 말라고 할 필요도 없다.

어차피 이건하가 걸리는 일은 벌어지지 않을 테니까.

청신에 있는 일주일간 도종환의 집을 샅샅이 털어 보았으나 편지 한 통 나오지 않았다.

도종환 같은 인물이 이건하의 약점 하나를 잡고 있지 않을 리가 없는데도 말이다.

'뭐가 있었다 하더라도 진명이 다 빼 갔겠지.'

괜히 해결사가 아니다.

도종환을 죽이면서 그의 집에 있는 모든 이건하의 약점을 가져갔을 것이다.

아무리 후암이 날고 기어도 꼬리를 자르고 도망간 도마뱀의 위치를 알 수는 없는 법.

어차피 지금 이건하를 잡을 생각도, 잡을 수 있을 거라는 기대도 하지 않았으니 크게 상관하지는 않는다.

'지금 진명과 싸워서 이길 수 있을지도 모르니 그냥 하고 싶은 대로 놔두자.'

순리대로 왕자의 난에서 모든 것을 끝내는 것이 가장 확실하면서도 안전한 방법이니 말이다.

그렇게 복귀 인사를 끝내고 밖으로 나갈 때 누군가 뒤따라 나오며 외쳤다.

"이 선인!"

기분 좋은 울림이다.

이 선인이라.

회귀 전에는 죽을 때까지 듣지 못했는데 말이다. 이래서 이 땅의 부모님들이 '그래도 선인 한 번은 해 봐야 해!'라고 말하는 것일까.

나는 고개를 돌려 뒤따라온 서진후를 확인했다.

"서 선인님 아니십니까?"

"이제 선인은 아니다. 특사로 풀려나긴 했지만, 복직은 못했거든."

인생의 의미를 잃어버린 것만 같았던 서진후의 얼굴은 몰라보게 밝아졌다. 도박 결투장의 무사가 하루아침에 세자 저하를 모시게 되었으니 지하에서 하늘로 올라간 셈이지.

나는 미소와 함께 손을 내밀며 말했다.

"축하드립니다. 그리고 우리 저하 잘 부탁합니다."

"목숨을 걸고 지켜 드리겠네. 남은 명예도 다 회복해야지."

서진후는 내 손을 잡고 흔든 뒤 말했다.

"참극을 겪고 온 자네에게 이런 말을 하는 것이 좀 미안하긴 하지만 부탁 하나만 들어줄 수 있겠는가?"

"어떤 부탁 말입니까?"

서진후는 민망한 듯 웃으며 말했다.

"나 대신 내 아들들의 수업 좀 보러 가 주지 않겠는가? 부탁하네."

진짜 별것 아닌 부탁에 내가 빤히 쳐다보자 서진후가 민망했는지 너스레를 떨기 시작했다.

"아무리 특별 사면으로 풀려나긴 했지만 그래도 대역죄인
으로 소문이 나서 말이야. 내 아들은 일단 아내의 성을 따르
고 있긴 하지만……."

사람들의 인식은 쉽게 바뀌지 않는다.

서진후는 이미 대역죄인이라는 멸칭이 붙은 상태.

그것을 바꾸기 위해서는 그만큼의 공적을 쌓아 멸칭 위에
별칭을 덮어씌워야 할 것이다.

한마디로 시간이 걸리는 작업이다.

'거기에 아이들은 잔인하니까.'

아이들이 편입하는 데 같이 갔다면 그의 자식들은 대역죄
인의 자식으로 놀림을 받았을 것이다.

입학하자마자 따돌림을 당하는 셈이지.

"바쁠 텐데 미안하네. 혹시 힘들면 안 가도 전혀 상관이 없
으니……."

"아닙니다."

나는 미소로 답했다.

"그 정도야 제가 가 보죠. 잘 아는 삼촌이라고 하면 되겠네요."

"정말인가? 고맙네."

결투장에서 만났던 그와는 사뭇 다른 모습이다.

역시 자식이 태어나면 모두 무사이기 전에 부모가 되어 버
리는 건가?

77

"성무학관입니까?"

"아니, 아니. 그 정도는 들어갈 수도 없지. 그래도 수도 동쪽의 동명학관(東明學館)은 들어갈 수 있었어. 애들이 노력을 많이 했던 모양이야."

수도에 있는 거대 학관 중 하나다.

무학관은 실력과 돈만 있다면 누구나 들어갈 수는 있다.

하지만 안에서 살아남는 건 또 다른 이야기.

있는 놈들은 있는 놈들끼리 어울리며 평민들을 배척하니 서진후가 걱정을 하는 것도 어쩔 수 없다.

이 바닥이 이제는 썩을 대로 썩어서 어린애들마저 가문을 들먹이며 따돌림을 시키는 형국이었으니 말이다.

가문명은커녕 아버지 이름조차 못 말하는 서진후의 아들들이 쉽게 적응할 수는 없겠지.

"날짜와 시간만 알려 주시면 바로 가 보겠습니다."

내가 빙긋 웃자 서진후가 머쓱하게 웃었다.

"그게…… 오늘이야."

◆ ◈ ◆

동명학관(東明學館).

성무학관의 위상에 가려져 저평가되었으나 나름 두 번째로 규모가 큰 학관이었으며 명문으로 알려져 있었다.

서진후의 큰아들 서민기와 작은아들 서민수는 어머니의 성을 따라 각각 김민기, 김민수로 불리고 있었다.

"그럼 지금부터 중간고사를 시작하겠다. 중간고사는 비무 형식으로 이루어지며 각자의 실력을 겨루는 것이니 승패를 떠나 모두 최선을 다하도록 하라."

시험관의 말에 아이들은 고개를 끄덕인 뒤 각자의 부모님에게 달려갔다.

하지만 서민기와 서민수는 단둘이 순서를 기다렸다.

혹시나 얼굴을 알아보는 사람이 있을까 엄마도 올 수 없었기 때문이다.

그런 두 형제를 불쌍하게 쳐다보는 사람들도 있긴 했으나 불쾌하게 보는 이들이 훨씬 더 많았다.

동명학관은 나름 명문 학관.

그런 곳에 출신도 제대로 알 수 없는 아이들이 들어와 같이 수련한다는 것이 마음에 들지 않은 것이다.

"쟤들은 부모도 없나?"

"에이, 쯧쯧쯧. 저런 걸 받아서. 수준 떨어지게."

특히 같은 반의 당천(蟷川) 윤씨 가문의 아들 윤대명과는 사이가 더욱 좋지 않았다.

항상 1등을 하던 윤대명이 서민기가 들어오고 고작 3개월도 되지 않아 2등으로 밀려났기 때문이었다.

서민기는 그렇게 혀를 차는 어른들을 보다가 동생에게 말했다.

"신경 쓰지 마. 우리 엄마가 그랬잖아. 다 못 배워서 저런 거야."

"맞아, 어른이라고 다 같은 어른이 아니라고 했지. 신경 안 써."

하지만 동생의 눈에 눈물이 고이는 것이 보였다.

그리고 그때 시험관이 말했다.

"자, 그럼 비무를 시작한다. 먼저 김민기, 그리고 윤대명."

윤대명이라는 이름에 서민기의 눈이 반짝였다.

어머니는 말했다.

너희들이 압도적인 실력을 보인다면 그 누구도 너희를 우습게 볼 수 없을 것이라고.

학년 2등인 윤대명을 압도적으로 이길 수만 있다면 저 헛소리를 하는 어른들에게도 복수할 수 있으리라.

동생도 같은 생각인지 형의 어깨를 주물러 주며 말했다.

"형, 힘내. 저 나쁜 놈한테 지지 마."

"그래, 꼭 이겨야지. 형이 멋진 모습 보여 줄게."

그렇게 김민기, 아니 서민기와 윤대명이 비무장으로 올라오고 시험관이 두 사람을 불러 말했다.

"이건 비무다. 최선을 다하되, 너무 심하게 서로를 공격하지 말고 합을 맞춘다는 생각으로 임해라. 너희가 굳이 더 보여 주려고 하지 않아도 시험관들은 너희 수준을 다 파악할 수 있으니까. 알았느냐?"

"네."

무과반도 진학하지 못한 아이들은 서로 연습한 대로 합을 맞추는 일종의 공연과 같은 비무를 행했다.

그것만으로도 기본적인 근력과 민첩성은 물론 초식의 이해도와 자세 등을 볼 수 있었으니 말이다.

하지만 이런 공연과도 같은 비무에서도 승패는 정해지기 마련이다.

한쪽이 월등하게 빠르고 강하면 받아 내는 쪽에서 허둥거릴 수밖에 없으니 말이다.

한마디로 서로를 배려하지 않는 공연.

서민기는 고개를 숙였다.

"잘 부탁해."

하지만 윤대명은 불쾌한 얼굴로 말했다.

"아, 재수도 없지. 야, 똑바로 받아 내라. 비무 망치지 말고."

서민기는 대꾸하지 않고 자세를 잡았다.

2등으로 밀리고 나서 윤대명은 언제나 저런 식이었으니 말이다.

그때마다 화를 낼 수도 없었으니 정정당당하게 실력으로 누르겠다는 생각뿐이었다.

"그럼 시작해라."

이윽고 비무가 시작되고 서민기는 약속한 대로 초식을 이어 나갔다.

빠르고 강하게.

서로 주먹이 오가고 윤대명은 당황한 듯 서민기의 공격을 막기 시작했다.

"가라! 형!"

서민수가 신이 나서 응원을 하는 순간에도 윤대명의 가족들은 인상을 찌푸렸다.

딱 봐도 실력 차가 난다.

하급 무사만 되더라도 서민기와 윤대명의 실력 차를 알 수 있었다.

'이번에도 1등은 민기인가?'

그래도 서로 좀 합을 맞추라고 1등과 2등을 붙였는데 실력 차가 이 정도로 날 줄이야.

그리고 그건 본인인 윤대명이 더 잘 알고 있었다.

"이런 씨발!"

서로 합을 맞춘 상황이었음에도 따라가기에 급급한 윤대명은 욕을 내뱉으며 갑작스럽게 주먹을 내질렀다.

'어?'

서로 약속된 동작이 아니었다.

서민기가 주먹을 피하는 순간 윤대명이 악을 지르며 그를 향해 공격해 왔다.

"야, 이렇게 하는 게 아니잖아."

"야, 윤대명……!"

"잠깐."

뭔가 이상함을 느낀 시험관이 자리에서 일어나는 순간 학년 총괄이 그를 막았다.

"기다려 보게. 어떻게 되나 보자고."

아마 눈치 빠른 학부모들은 윤대명이 폭주하고 있다는 걸 알 것이다.

하지만 그럼 어떤가?

유력 가문의 자제가 처참하게 당하는 것보다 평민이 당하는 게 더 그림은 좋지 않겠는가?

학년 총괄이 그렇게 생각하는 와중에도 서민기는 폭주한 윤대명을 진정시키기 위해 말했다.

"뭐 하는 거야? 비무 망칠 생각이야?"

"닥쳐, 이 아비 뒤진 새끼야."

"……."

"아빠도 없는 게 어디서……."

그 순간, 서민기가 윤대명의 목을 잡았다.

"컥!"

"너, 내가 우리 아빠 얘기하지 말랬지."

아버지 얘기에 눈이 돌아간 서민기는 그대로 윤대명을 바닥에 꽂은 뒤 주먹을 내리꽂았다.

"사과해! 사과하라고!"

퍽! 퍽! 퍽!

"김민기!"

시험관이 나와 말리자 서민기는 발버둥을 치며 말했다.

"우리 아빠에 대해 뭘 알아! 죽여 버릴 거야! 죽여 버릴 거라고!"

"진정하라고!"

시험관은 서민기를 옆으로 던진 뒤 따귀를 때렸다.

그제야 정신이 돌아오고 학부모석에서 윤대명의 부모님들이 뛰어나오는 것이 보였다.

"대명아! 대명아!"

윤대명이 피해자인 것처럼 눈물을 흘리며 일어나고 학년총괄이 서민기를 잡아끌었다.

"이 자식이. 지금 뭐 하는 짓이야? 너 일로 와."

"학년장님⋯⋯."

시험관이 말리려 했으나 학년장은 막무가내로 끌고 가 서민기를 윤대명의 가족들 앞에 세웠다.

"뭐 하는 거냐? 빨리 사과해."

"제가 왜요?"

"왜요? 부모 없는 새끼들은 꼭 티를 낸다니까."

학년장은 식은땀을 흘리고 있었다.

고액을 기부하는 당천 윤씨가 학관을 옮기기라도 하면 그건 학년장의 책임이 된다.

그때 윤대명의 아버지가 말했다.

"됐고, 이 새끼 부모 불러. 아니면 보호자라도 부르든가. 어떤 년이 이렇게 키웠나 한번 봐야겠어."

"물론이죠. 야, 당장 김민기 어머니 불러와."

어머니가 불려 온다는 사실에 서민기는 정신을 차리고는 말했다.

"어, 어머니는 왜 부르십니까? 제가 잘못한 거 아닙니까? 제가 사과하겠습니다."

"형⋯⋯."

동생이 와서 안기고 서민기는 바로 무릎을 꿇었다.

"제가 잘못했습니다. 한 번만 봐주세요. 제발."

"됐고. 내가 너 이 학관에서 반드시 쫓아낼 거니까, 그렇게 알아라."

청천벽력 같은 소리에 서민기의 표정이 굳는 순간이었다.

"지랄 났네. 아주. 지랄 났어."

저 멀리서 젊은 남자가 걸어오더니 한숨을 내쉬었다.

"애 하나 두고 뭐 하는 겁니까?"

그리고는 서민기의 팔을 잡아 일으켜 세웠다.

20대가 막 되었을 것 같은 앳된 얼굴. 하지만 선인만 입을 수 있는 특별한 백의(白衣)를 입은 남자.

젊은 백의선인의 등장에 학년장은 예의를 차리며 말했다.

"누구십니까?"

"내 나이에 백의를 입은 남자가 한 명밖에 더 있습니까?"

남자는 품속에서 호패를 꺼낸 뒤 말했다.

"청신의 이서하입니다."

그리고는 서민기의 무릎에 묻은 먼지를 털며 말했다.

"그런데 지금 내 조카한테 뭐 하는 짓입니까?"

학년장이 경악하는 얼굴과 함께 이서하가 말했다.

"저, 그, 그게……."

"아 됐고. 뭐 합니까? 관장 불러요. 다 엎어 버리기 전에."

진짜 진상이 어떤 것인지 보여 줄 시간이었다.

Chapter 68.

"후우, 진짜 뒤엎을 뻔했다."

잘 참았다. 이서하.

뒤늦게 도착한 동명학관에서는 말도 안 되는 일이 벌어지고 있었다.

다 큰 어른들이 애를 끌고 와서 무릎을 꿇리는 일이라니.

회귀 전의 나도 무릎을 많이 꿇어 보았으나 적어도 성인이 되기 전에는 그런 적이 없었는데 말이다.

내 이름을 들은 학년장은 식겁해서 관장을 부르러 달려갔고 서진후의 아들을 상대하던 아이의 부모는 긴장한 얼굴로 나에게 말했다.

"저…… 정말로 청신의 이 선인님이십니까?"

"그럼 내가 사칭이라도 했다는 겁니까? 호패도 보여 줬는데."

"아닙니다. 이 아이들에게 삼촌이 있다고는 들어 보지를 못해서 말입니다. 성도 김씨고."

"의형제입니다. 의형제."

졸지에 서진후와 의형제가 되었지만 같은 배를 탄 사이이니 그렇게 되는 것도 나쁘지 않을 것이다.

서진후에게 내 계획의 시작과 끝이라고 할 수 있는 신유민 저하를 맡긴 상황이기도 하니까.

은혜를 베풀어 결코 손해 볼 일은 없다는 것이지.

"아, 의형제."

30대의 남자는 최대한 사람 좋은 미소를 지으며 말했다.

"저는 당천 윤씨의……"

"됐습니다. 별로 알고 싶지 않네요. 앞으로 알 일도 없을 거 같고."

남자는 정색하며 나를 바라보았지만 이내 표정을 풀며 뒤로 물러났다.

자기 주제를 아는 것이겠지.

당천은 작은 도시다.

땅이 비옥한 덕분에 부유하지만, 청신과는 비교도 할 수 없을 정도로 그 영향력이 낮은 도시로 감히 청신한테 큰소리를 낼 수 없는 그런 가문이었다.

"저, 저기……."

그때 서진후의 큰아들이 나에게 다가와 작게 물었다.

"정말로 아버지와 친한 사이십니까?"

"그럼. 민기야."

자기 이름이 불리자 서민기의 눈이 초롱초롱하게 빛났다.

오늘 아침에야 처음으로 두 아이의 이름을 들을 수 있었지만 알고 지낸 기간이 뭐가 중요하겠는가?

앞으로 어떻게 지낼지가 중요하겠지.

"저, 정말로 아버지가 선인님과 친한 사이라고요?"

"안 친하면 너희를 보러 왔겠니?"

나는 서민기의 머리를 쓰다듬은 뒤 고개를 돌렸다.

저 멀리서 헐레벌떡 뛰어오는 학년장이 보였다.

그리고 그 뒤로 정갈하게 수염을 기른 관장이 따라오고 있다.

"동명학관의 관장, 안병영이라고 합니다."

동명학관의 관장은 응교(應敎)라는 직급을 가진 사람으로 평소에는 왕실 문헌을 관리하거나 작성하는 문관이었다.

문관 중에서는 꽤 높은 직급에 속하지만 선인들은 직급상 모든 문관들의 위에 있다고 볼 수 있기에 저렇게 직접 나를 맞이하러 나온 것이었다.

"청신의 이서하입니다."

자, 이제 어떻게 할까?

여기서 완전 개지랄을 떨어 관장의 면을 확 떨어트릴 수 있다.

그러나 그보단 내 힘을 드러내면서도 상대가 무슨 잘못을 했는지를 정확하게 전달하는 것이 더 효과적일 것이다.

난 일단 온화하게 입을 열었다.

"조카들 비무 좀 보러 왔는데 사고가 있어서 말입니다. 애들 싸움에 어른들이 아주 쌍심지를 켜고 달려들더군요. 원래 그렇습니까?"

"싸움이 있었습니까?"

안병영이 학년장을 바라보자 그가 허둥거리며 말했다.

"그게, 비무가 갑자기 격해지면서 김민기 생도가 먼저 주먹을 날리는 바람에⋯⋯."

"아니에요! 윤대명 형이 먼저 마구잡이로 공격했어요!"

둘째 민수가 카랑카랑한 목소리로 외치자 관장의 시선이 아이에게로 꽂혔다.

관장은 정말로 그랬냐는 듯 학년장과 윤대명의 부모를 바라봤다.

그리고 그때 시험관이 말했다.

"맞습니다."

시험관의 말에 관장은 작게 한숨을 내쉬었고 나는 민기에게 물었다.

"그래서 싸움이 된 거니? 단순히 비무가 격해져서?"

"⋯⋯."

민기는 굳은 얼굴로 답을 회피했다.

나는 그런 민기에게 말했다.

"지금 말하지 않으면 바로잡을 수 없을 거다. 억울하기 싫으면 지금 말해야 해."

민수와 달리 첫째인 민기는 생각이 많은 성격이었다. 아마 자신이 입을 열었을 때의 후폭풍을 걱정하는 것이겠지.

하지만 후폭풍을 생각하며 부조리함을 받아들이는 성격은 결코 좋지 않다.

이것도 봐주고, 저것도 봐주다가는 결국 다 자기 손해로 돌아올 수밖에 없으니까.

내 말에 민기는 다짐한 듯 떨리는 목소리로 말했다.

"윤대명이 제 아버지를 욕했습니다."

"그랬구나."

나는 관장님을 보며 말했다.

"먼저 약속한 비무를 망친 것도 저쪽이고, 모욕을 한 것도 저쪽인데 학년장님은 제 조카를 무릎 꿇리려고 하신 거네요?"

학년장은 벌벌 떨기 시작했다.

그 정도로 관장은 학년장을 살기 어린 눈빛으로 노려보고 있었다.

학년장의 말문이 막히자 이번에는 윤대명의 아버지가 말했다.

"그래도 폭력은 정당화될 수 없습니다. 우리 애 상처를 보십시오. 그쪽은 멀쩡하지 않습니까? 그럼 누가 잘못한 겁니까?"

"충효사상(忠孝思想)에 따르면 내 주인과 부모를 욕하는 자는 죽여도 된다고 했습니다. 물론 현실에선 그 정도로 죽일 일은 없겠지만……."

나는 윤대명이라는 아이의 얼굴을 슬쩍 보고는 말했다.

"저 정도면 싸게 죗값을 치렀네요. 안 그렇습니까? 관장님."

관장은 고개를 끄덕이며 말했다.

"그렇네요. 이 선인님. 제가 다른 일로 바빠 관장으로서 잘 신경을 쓰지 못했습니다. 앞으로 더욱 각별하게 신경 써서 관리하겠습니다."

"감사합니다. 관장님만 믿죠."

그래도 관장은 말이 통하는 사람이라 일이 쉽다.

난 학년장을 바라보며 말했다.

"앞으로는 똑바로 하세요."

내 말에 담긴 뜻은 두 가지다.

관장에게는 학년장을 자르지 말라는 뜻이 되며 학년장에게는 누가 이 학관의 귀빈(貴賓)인지를 확실하게 알라는 것이었다.

저렇게 강한 쪽에 붙어사는 놈이 다루기도 쉬우니 말이다.

내가 삼촌이라는 것을 안 이상 학년장은 이 두 형제를 자기 아들보다도 더 귀하게 여길 것이다.

내 말을 알아들은 학년장은 바로 고개를 숙이며 말했다.

"하늘과 같은 아량에 감사합니다. 선인님."

"그럼 조카들은 제가 데려가도 되겠습니까? 민기의 시험은 끝난 거 같고 이런 분위기에서는 민수도 제대로 시험을 볼 수 없을 거 같은데."

"그러시죠."

단순히 실력을 알아보는 시험이었으니 굳이 치르지 않아도 문제는 없다.

내가 고개를 끄덕이자 관장은 정색하며 학년장에게 말했다.

"시험관님이 맡아서 시험을 계속 진행해 주세요. 학년장님과 아버님은 저와 이야기 좀 나눌까요?"

긴장한 학년장과 굳은 얼굴의 윤가 놈을 확인한 나는 미소와 함께 몸을 돌렸다.

너무 좋아.

언제나 짜릿해.

이런 게 권력과 명예의 힘이라는 것이겠지.

그렇게 동명학관을 나올 때 즈음 갑자기 민기가 멈춰 서더니 고개 숙여 인사했다.

"오늘 일은 감사합니다. 선인님."

"삼촌이라고 불러. 그렇게 됐으니까."

"의형제도 아니시잖아요."

역시 눈치 빠른 아이다.

"저희 아버지가 대역죄인인 건 저희도 알고 있습니다. 그래서 성을 바꿔서 학관을 다니고 있는 것도요."

"그거 특별사면으로 죄가 사라졌어. 그러니까 그렇게 말하지 마라."

"그래도…….."

나는 민기와 눈높이를 맞춘 뒤 말했다.

"너희 아버지 지금 신유민 저하 호위 무사야. 대역죄인이 세자 호위하는 거 봤어?"

"정말요?"

민수가 초롱초롱한 눈으로 바라봤고 나는 검지를 입술에 가져갔다.

"비밀이다. 이거 말하면 아빠가 위험해져. 우리끼리의 비밀."

"네, 절대 말 안 할게요. 형 들었지? 우리 아빠 엄청나!"

신난 둘째와 달리 첫째는 고개를 숙이고 눈물을 참고 있었다.

남자아이에게 있어 아버지는 거울이자 하늘이다.

아버지가 대역죄인이 되는 순간 나도 대역죄인이며 하늘은 무너진다.

그렇게 어둠 속에서 홀로 살아가야만 한다.

둘째야 형을 보며 살아왔겠지만 이 생각 많은 장남은 그러지 못했을 것이다.

나는 녀석의 머리를 쓰다듬으며 말했다.

"그러니까 너희도 빨리 성장해서 네 아빠랑 내 도움이 되어 주길 바란다."

"……꼭 그러겠습니다."

민기는 생각 많은 얼굴로 고개를 끄덕였다.

"더 열심히 해야겠네요."

회귀 전, 두 아이는 제대로 된 교육을 받지 못해 역사에 이름을 올리지 못했다.

뭐, 끽해 봤자 하급 무사나 되지 않았을까?

하지만 이번에는 다르다.

권왕의 핏줄인 만큼 제대로 수련만 한다면 최소 선인은 되지 않을까?

'이미 재능을 선보이고 있고 말이야.'

제대로 수련에 임한 지 몇 개월 만에 몇 년은 수련한 이들보다도 앞선 두 사람이다.

'언젠가 힘이 되어 주겠지.'

혹시 아는가.

7년 뒤에는 나와 함께 싸우고 있을지.

그때였다.

"벌써 나왔네?"

아린이가 동명학관으로 오는 것이 보였다.

"어? 아린아. 여긴 어쩐 일이야?"

"네가 갑자기 여기로 왔다고 해서……."

아린이는 동명학관 안쪽을 슬쩍 살피다가 웃으며 말했다.

"또 싸우나 하고."

"내가 뭐 맨날 쌈박질만 하고 다녀? 애들 보러 왔어. 서진후 씨라고, 나중에 말해 줄게."

"그래."

아린이는 내 양옆에 붙은 서진후의 아들들을 보고는 미소
와 함께 말했다.

"얘들아 안녕?"

갑작스런 심장 공격.

충격받은 아이들은 그대로 굳어 아린이만 바라볼 뿐이었다.

이윽고 현실로 돌아온 민기는 부끄러운지 고개를 돌렸고
민수는 당돌하게 말했다.

"선인이 되면 저런 분도 만날 수 있는 건가요?"

아니, 이 세상에 저런 여자가 하나 더 있을 리가 없단다.

하지만 이 아이들에게 동기 부여를 해 주는 것도 중요한 일
이니 착한 거짓말을 하도록 하자.

"그럼, 선인이 되면 가능하지."

"……꼭 선인이 되어야겠네요."

어째 둘째한테는 이게 더 동기 부여가 된 것만 같다.

커서 현실을 깨닫고 나를 원망하지나 않았으면 좋겠는데.

"아린이 너도 같이 밥 먹으러 가자."

어쩌다 보니 조카 둘을 얻게 돼 버렸다.

좋은 게 좋은 거라 생각하자.

아이들을 집으로 데려다주고 나는 아린이와 함께 집으로

향했다.

오랜만에 둘만 있다 보니 무슨 말을 해야 할지 모르겠다.

맑은 하늘의 달만 가만히 보고 있던 나는 머쓱하게 입을 열었다.

"몸은 좀 어때? 괜찮아?"

"응, 뼈도 다 붙었고. 금방이더라고. 상혁이는 아직도 붕대 감고 다니잖아."

아린이는 미소를 짓고는 말을 이어 갔다.

"이제 어떻게 할 생각이야? 계획이 있잖아."

육도를 포섭하고, 세력을 만들고, 신태민을 압박하며, 그가 난을 일으키면 짓밟는다.

일단은 그 단순한 계획을 실행하기 위해 여기까지 달려왔다.

"계획이야 있지."

그런데 생각보다도 더 많이 죽는다.

아는 사람도, 모르는 사람도, 선한 사람도, 악한 사람도 내 생각보다도 더 많이 죽고 있다.

'죽음은 익숙해지지 않네.'

어차피 내가 하지 않으면 다 죽는다.

그렇게 생각했기에 아무렇지 않으리라 생각했다.

어차피 다 죽을 사람들이니까.

그래도 익숙해지지 않는다.

또 얼마나 죽을까?

'그냥 신태민만 죽일까?'

금수란에게 부탁해 볼까?

아니, 진명한테 막힐 것이다. 성공하면? 그럼 이 나라를 통일한다고 볼 수 없다. 반군이 일어날 것이고 동생을 죽인 왕을 따를 수 없다며 신유민 저하의 왕권을 흔들겠지.

'신태민이 그렇게 망했으니까.'

분열을 막기 위해서는 명분이 확실해야 한다.

그렇게 생각할 때였다.

"걱정하는구나. 사람들이 죽을까 봐."

"……걱정해야지. 적은 강하고 우리 편도 누군가는 죽을 테니까."

"걱정하지 마. 내가 다 죽여 줄게."

달빛에 비친 그녀의 하얀 피부가 오늘따라 빛이 났다.

붉은 기운이 가득한 눈에 알 수 없는 공포마저도 느껴진다.

나는 살짝 눈을 감았다 떴다.

내가 잘못 본 것이었을까? 어느새 검은 눈동자로 돌아온 아린이는 미소와 함께 말했다.

"네 적은 내가 다."

언제나처럼 나를 위한 말이었다.

묘한 긴장감에 내가 발을 멈추자 앞으로 살짝 걸어 나간 아린이가 고개를 돌렸다.

거대한 달이 그녀의 뒤에 있다.

나는 뭐에 홀린 듯 고개를 끄덕이며 말했다.

"부탁할게."

경진년(庚辰年)은 이제 시작이었다.

◆ ◈ ◆

저택에서의 다음 날이 밝았다.

오랜만에 푹 잘 수 있다는 생각에 나는 침대에서 최대한 뒹굴뒹굴 굴러다녔다.

이렇게 큰일을 겪고 난 뒤 하루 정도는 푹 쉬어 주는 것이 나름 나를 위한 사치였다.

어차피 오늘의 약속은 오후까지 없으니…….

"일어나아아아아!"

익숙한 남자 목소리가 들려왔다.

난 이불을 하나로 똘똘 뭉쳐 귀를 막았다. 하지만 그 순간 여자의 목소리도 들려왔다.

"일어나아아아아!"

목청도 크지. 솜이불을 다 뚫고 들어오네.

저건 민주랑 상혁이가 분명하다.

나는 안절부절못하는 하인을 향해 물었다.

"지금 몇 시지?"

"진시(辰時, 오전 7시) 초입니다."

아…….

적어도 반나절은 자려고 했는데 말이다.

이 꿀과 같은 휴식을 망치다니.

나가서 한마디라도 해 줘야겠다.

그렇게 생각하며 자리에서 일어날 때였다.

"같이 수련하자아아아아아! 꺄악!"

"귀신이다! 도망쳐!"

밖에서 민주와 상혁이가 비명을 지르는 소리가 들려왔다.

나는 당혹스러운 얼굴로 밖과 나를 번갈아 보는 하인에게 물었다.

"누가 왔나?"

"유아린 아가씨가 오셨습니다."

"아, 놔둬. 쟤들은 좀 맞아도 돼."

아무래도 아린이한테 걸린 모양이다.

역시 나를 생각해 주는 건 아린이밖에 없다.

잠깐.

"근데 아린이는 뭐 하러 온 거야?"

"가끔 인시(오전 3시)쯤 와서 잘 자고 계시는지 보고 가십니다."

……그게 더 무서워.

나도 두 시진 정도밖에 안 자는데 도대체 그럼 아린이는 언제 자는 거야?

"그냥 일어나자. 일어나."

밖으로 나가자 아린이에게 제압당해 괴로워하는 민주와 뒤도 돌아보지 않고 달려 나가는 상혁이가 보였다.

'우리 광명대 아직 멀었구나.'

그런 생각이 드는 아침이었다.

◆ ◈ ◆

아침 식사에는 지율이도 합류했다. 매일 같이 아침을 먹으며 회의를 하는 것이 우리 광명대의 첫 일정이었다.

"그나저나 새로운 대원은 언제 모집할 거야?"

"아, 그거? 슬슬 움직여야지."

청신동란도 끝이 났으니 새로운 대원을 들일 때가 되었다.

민주와 상혁이는 노파심에 물었다.

"그럼 막내겠네?"

"막내겠지? 경력직 뽑지 마라. 피곤해져."

"막내 맞아. 우리보다 1년 후배."

유독 좋아하는 상혁이와 민주였다.

도대체 얼마나 괴롭히려는 건지.

전쟁터에서는 가장 착한 친구들이 왜 평상시에는 가장 악랄한지 모르겠다.

"그럼 신입은 일단 너희가 가서 확보해 올래? 둘이서."

"둘이서?"

"우리가?"

둘이서를 강조하는 박민주와 우리를 강조하는 상혁이었다.

"응. 둘이 쿵짝이 잘 맞잖아. 그리고 지율이랑 아린이는 사람 대하는 게 서투니까 둘이 가는 게 좋을 거 같아."

"누군데?"

"우리보다 1년 후배. 이름은 정이준. 이정문 씨에게 말하면 쉽게 찾을 수 있을 거야."

"알았어. 우리 둘이 할게."

민주는 나에게 미소를 지어 보이며 입 모양으로 말했다.

"고마워."

고마워할 것은 없다.

회귀 전, 민주는 약혼자와 결혼해 나름 행복한 삶을 산다.

비록 그 끝은 좋지 않았지만 말이다.

어쨌든 그 평범하고도 행복한 삶을 전쟁터로 이끈 건 나였으니 그녀가 행복할 수 있도록 최소한의 도움 정도는 줘야만 한다.

'그나저나 상혁이는 눈치를 챘으려나?'

눈치를 채고도 모른 척하는 건지, 아니면 그냥 바보처럼 실실 웃고 있는 건지는 도통 모르겠다.

'뭐, 그건 둘이 알아서 하겠지.'

오랫동안 살면서 많은 오지랖을 부렸지만 연애에 있어서

는 최대한 관계되지 않는 편이 좋다.

이 정도가 내가 해 줄 수 있는 한계.

나머지는 민주야. 네가 알아서 꼬셔라.

그렇게 생각할 때 아린이가 말했다.

"근데 정이준이라는 사람은 누구야?"

"말했잖아. 우리 1년 후배라고."

"좋은 성적은 아니었던 거 같은데. 후배 중에 1등은 그 친구 아니었어? 그 싸가지 없는 놈."

김준성을 말하는 것이었다.

아린이 말대로 정이준의 성적은 좋은 편이 아니었다.

"항상 꼴등이었으니까 그렇겠지."

"꼴등?"

"응. 마지막까지 꼴등. 물론 퇴학당하지 않는 선에서 꼴등. 아마 모르긴 몰라도 무과도 꼴등이었을걸?"

"그럼 별로 특별할 게 없는 거 아니야?"

아린이의 순수한 의문에 나는 미소를 지었다.

뭘 모르는 소리.

"아린아. 성무학관은 꼬리를 잘라 내잖아. 그런데 정이준 저 친구는 모두 꼴등이었어."

성무학관이든 무과든 성적 미달은 다 잘라 내는 체계를 갖추고 있었다.

그런데 그런 곳에서 한 번도 놓치지 않고 꼴등을 했다는 건 엄청나게 운이 좋거나 아니면…….

나는 가만히 생각하다 피식 웃었다.

"신기하지? 1등도 아니고 꼴등만 하는 친구. 그래서 좀 키워 보려고."

"근데 우리가 신입 보러 가면 너는 뭐 하게?"

"아, 나는 육도 사람들 좀 만나고 올 생각이야."

"네가 살려 줬다는 사람?"

"응, 만나 봐야지. 나름 이 나라 군(軍)의 한 축이니까."

육도검, 이재민.

회귀 전에는 죽어 사라졌던 육도를 만나 볼 때가 되었다.

명월관(明月館).

나는 안으로 들어가며 호패를 보여 주었다.

"이서하입니다."

"오셨습니까? 3층으로 안내해 드리겠습니다."

수도의 유명한 식당인 명월관 3층 방으로 들어가자 육도검(六徒劍) 이재민이 벌떡 일어나며 나를 반겼다.

"오, 서하. 아니 이제 이 선인이라고 불러야 할까? 앉게."

웃으며 인사한 이재민은 바로 정색하며 나의 귀에 대고 말했다.

"자세한 얘기는 나중에 하지."

자세한 얘기?

이재민은 내 등을 친 뒤 가슴을 활짝 펴며 하나하나 소개해 주기 시작했다.

"자, 여기 이 친구가 육도도(六徒刀) 강철룡이야. 그리고 그 옆으로 육도창(六徒槍) 김신애, 육도권(六徒拳) 이청명."

장발 머리를 위로 올려 묶은 육도도(六徒刀)가 나를 흥미롭게 바라보다 입을 열었다.

"육도도라고 부르지 말랬잖아. 옆에서 도도한 남자라고 얼마나 놀리는데."

"하하하, 도도한 거 맞잖아. 육도도."

김신애가 깔깔거리며 웃었고 육도권 이청명이 피식 웃으며 나를 돌아봤다.

"존대는 안 해도 되겠지? 네가 아무리 잘나가도 직급도 한참 낮은 후배한테 존댓말을 쓰고 싶진 않거든."

"그러시죠."

나보다 선인이 된 지 훨씬 오래됐고 또 전공도 많은 이들이다.

"그런데 두 분이 안 오셨네요."

"궁(弓)이랑 각(脚)은 임무를 떠났다고 해. 그것도 나중에 말해 줄게."

뭔가가 있긴 있나 보다.

일단 이 세 사람부터 상대해 보자.

나는 자리에 앉으며 말을 꺼냈다.

"그럼 본론으로 들어가죠. 제가 신유민 저하의 심복이라는 걸 모르는 사람은 없을 테고. 그런 제가 각자 천 명 이상의 무사들을 이끄는 당신들을 만났으니 요구할 건 뻔하죠. 우리 편으로 들어오세요."

어차피 다 알고 온 거 굳이 입에 발린 소리를 할 필요가 없다.

어차피 중립으로 있을 생각이 아니라면 누군가에게는 붙어야 할 것이다.

과거 육도가 죽은 이유를 나는 그들이 중립을 유지했기 때문이라 생각했다.

그렇기에 은월단이 금수란을 이용해 죽였던 것이고.

'이번에도 중립을 유지하려고 할 수도 있겠지만…….'

이들의 우두머리 격으로 알려진 이재민과 내가 같이 설득한다면 긍정적인 대답을 들을 수 있을 것이다.

강철룡은 턱을 만지작거리더니 웃으며 말했다.

"이야, 우리 후배 완전 직설적이네. 그래, 우리가 그쪽 편으로 들어가면 뭘 해 줄 수 있지?"

"땅과 직위. 출세입니다."

보답은 단순하다.

출세.

선인까지 된 이들은 모두 위를 바라본다.

순수하게 무를 추구하는 이들은 방랑 무사가 되는 걸 선택

하는 편이니 말이다.

그러니 선인에게 출세보다 좋은 보상은 없다.

"땅이 있는 가문에게는 더 큰 땅을, 없는 이들에게는 가주가 될 수 있게 해 드리죠. 신태민 저하 쪽에 붙은 사람들의 땅을 주면 충분하고도 남을 것입니다."

그러자 옆에 있던 김신애가 말했다.

"그럼 승산은? 다 이겼을 때의 이야기잖아."

"최소 5할은 넘는다고 봅니다."

"고작 5할? 그건 좀 그런데."

"하지만 반대편은 5할이 안 될 텐데요. 저라면 1푼이라도 승산이 높은 곳에 걸 겁니다."

"안 거는 방법도 있지."

육도권, 이청명은 팔짱을 끼며 말했다.

"그냥 중립으로 있다가 이기는 쪽에 탑승하는 게 더 안전하지 않을까? 출세야 우리 능력으로도 가능하고."

"그건 육도검님이 말해 주시죠."

이재민은 고개를 끄덕인 뒤 말했다.

"내가 암살당할 뻔했다는 얘기는 다들 들었을 거야. 그 배후는 정확하게 밝힐 수 없으나 누군가가 우리 육도를 노리고 있는 건 확실하다. 이런 상황에 중립으로 있으면 누구도 우릴 지켜 주지 않을 거야."

어느 쪽이라도 합류해야 암살하려는 조직이 어디가 됐든

쉽게 건드리지 못하지 않겠는가?

"으음, 하긴. 우리끼리도 요즘은 잘 안 뭉치잖아. 그렇지? 이재민."

강철룡의 말에 이재민은 표정을 굳혔다.

"그래도 우리 대장님 말인데 들어줘야지. 한번 진지하게 생각해 볼게. 후배."

"감사합니다. 자세한 내용은 선인님이 친구분들에게 알려 주세요."

"그러지."

대화는 그렇게 빠르게 끝이 났다.

하지만 뭔가 묘하다.

'대업을 이야기하는데 누구도 진지하지 않다.'

한번 진지하게 생각해 본다는 말만 하고 술을 마실 만한 주제는 아닌데 말이다.

하지만 세 사람 모두 평온하다. 긴장한 기색도 없다.

'이상하네.'

그렇게 쓸데없는 잡담 속에서 이 중요한 회담은 끝이 났다.

"그럼 대답은 조만간 들려주지. 오늘은 잘 먹었네."

"반가웠어."

"다음에 보자."

세 사람이 한마디씩 남기며 떠나자 이재민이 말했다.

"그럼 이제 진짜 이야기를 해 보자."

"기다리고 있었습니다."

"후우. 어디서부터 말해야 할까."

다시 식당 안으로 들어온 이재민은 한숨을 내쉬고는 말했다.

"너도 알겠지만, 너랑 처음 만났을 때 내가 좀 거만하지 않았냐?"

"매우 거만하셨죠. 그래서 죽을 뻔하기도 했고."

"하하하, 그랬지."

이재민은 민망하게 웃은 뒤 말했다.

"사람들은 육도라고 싸잡아 말하지만 우리 안에서도 파는 나뉘어. 나와 저 셋은 나름 친분은 있지만 궁이랑 각은 잘 어울리지 않았지. 단순히 무과 장원부터 6위까지로 묶인 동문일 뿐, 모두가 친하다고 볼 수 없지."

"그래서 이번에 안 나온 겁니까?"

"애초에 내가 불러도 잘 나오지 않아. 있는 임무를 뺄 정도의 친분이 아니거든. 오히려 임무를 만들면 만들지."

"그렇군요."

사실 육도에 대해 잘 알려진 것은 없다.

다 죽어 버렸으니까.

이재민의 성격이 그렇게 거만했다는 것도 나도 만나 보고 알았다.

"그래서 저 셋도 육도검님처럼 그렇게 거만하고 그렇다는 겁니까?"

"아니, 저 셋은 나와는 또 달라. 난 그냥 거만했을 뿐, 나름 좋은 사람이라고 생각하거든."

그건 육도검님 부하들에게 물어볼 일이지만 어느 정도는 인정한다.

또한 특유의 거만함도 깨진 그는 꽤 괜찮은 인간이 되어 있었으니 말이다.

"그렇군요. 그럼 말하고자 하시는 문제가 뭡니까?"

"정확히 말하자면, 난 육도의 대장이 아니야. 쟤들이 일을 벌이면 나는 수습하는 역할이었지. 그래서 대장처럼 보였을 수도 있어. 전면에는 내가 나섰으니까."

"일을 벌이고 다녔다고요? 무슨 일을 말입니까?"

"많은 일을 벌이고 다녔지. 종류도 다양한데 뭐 한마디로 정의하자면……."

이재민은 고민하다 말했다.

"저놈들, 정치하는 놈들이야."

"……."

정치하는 놈들.

그 한마디에 나는 모든 상황 파악을 마치고 말했다.

"그럼 곧, 아니 이미 허남재를 만났겠네요."

이 새끼들.

양쪽에 다리를 걸쳤다.

◆ ◆ ◆

수도의 한 저택.

허남재는 멍하니 용과 봉황이 수놓아진 합각(合閣)을 바라
보다 고개를 돌렸다.

"육도도가 이서하를 만났습니다."

"서둘렀네. 수도로 돌아오자마자 만나고."

육도(六徒).

사람들은 육도가 전부 친한 줄 알고 있었으나 허남재는 이
들을 세 명씩 묶어 생각해야 한다는 걸 잘 알고 있었다.

'육도검(六徒劍)은 이미 이서하 사람이고.'

이서하라는 이름이 떠오르자 다시금 합각을 보며 말했다.

"여길 지은 놈이 저 합각에 장난질해 놨어. 용이랑 봉황이
싸우는 건 나라의 지존 자리를 놓고 왕의 핏줄이 다툴 것이라
는 예언이었을까?"

"네?"

"아니겠지? 그냥 보이지 않는 곳에 자기 기술을 뽐내고 싶
었을 뿐일 거야. 그래도 신기하잖아. 그냥 지금 상황이랑 딱
맞아. 뭐 조금 다른 게 있지만."

허남재는 피식 웃었다.

"신태민 저하와 신유민 저하가 싸울 줄 알았는데 이상한
놈이 끼어들었어."

이서하 같은 놈이 어디선가 튀어나와 봉황의 자리를 대체했다.

"강철룡이를 만나 봐야겠네."

허남재는 이미 육도와 접촉한 적이 있었다.

이재민 암살 사건이 있기 전 부하들을 이용해 자신의 뜻을 전했고 이재민은 정치에는 뜻이 없다며 거절했다.

하지만 육도도의 대답은 달랐다.

"본인이 오지 않았네요? 그럼 아직은 준비가 되지 않았나 봅니다."

준비가 되지 않았다는 그 말뜻을 허남재는 바로 이해했다.

'자신의 가치가 최고치를 찍지 않았다는 것이지.'

이제는 준비가 되었을 것이다.

허남재는 부하에게 말했다.

"강철룡과 약속을 좀 잡아 주겠느냐?"

보자, 강철룡이 자신의 가치를 얼마로 측정했을지.

허남재를 만나러 온 것은 강철룡 한 사람이었다.

그는 이서하 때처럼 여유 가득한 표정으로 앉아 있었다.

"처음 뵙죠. 허남재입니다."

"이제야 얼굴을 볼 수 있게 됐네요. 저번에는 부하들만 살짝 보내서 간을 보시더니."

강철룡은 미소를 짓고는 말을 시작했다.

"뭐 여기저기 사람들이 많을 거고 명월관 같은 곳에서 대놓고 보았으니 모를 리도 없겠죠. 이서하가 우리를 원합니다."

"네, 들었습니다. 그래서 어떻게 하실 생각입니까?"

"저희는 당연히 신태민 저하를 생각하고 있습니다."

강철룡은 미소를 지었다.

육도가 중립을 유지했던 이유는 신유민과 신태민의 전력이 비등해질 때를 기다리기 위함이었다.

'미리 편을 골랐다면 우리는 찬밥 신세였을 테지.'

만약 허남재가 처음 접근해 왔을 때 바로 신태민 측에 합류했다면 변변한 보상 하나 보장받지 못했을 것이다.

그만큼 신태민은 유리했으니 말이다.

하지만 이제는 상황이 바뀌었다.

힘이 있는 무사 대부분은 이미 어느 쪽에 서야 할지 결정했고 남아 있는 이들 중 대어라고는 육도밖에 남지 않았다.

"하지만 재민이는 이미 신유민 저하를 선택한 거 같더군요."

"목숨을 살려 줬다고 하니 그거야 그렇겠네요."

"재민이가 설득하면 아마 육도궁과 육도각도 신유민 저하의 편으로 가겠죠. 그 셋은 꽤 친한 편이거든요. 그러니 이미 육도 중 세 사람은 신유민 저하의 사람이라고 봐도 좋습니다."

강철룡의 모든 말은 자신의 가치를 더욱 올리기 위함이었다.

"저희 셋까지 신유민 저하에게 들어가면 꽤 골치가 아프실 겁니다."

"그렇네요. 육도만 하더라도 병력이 얼마나 되었었죠? 최소 6,000은 될 텐데. 수도군 6천이면 오우, 크긴 크네요."

"말이 잘 통하네요. 오늘 이서하는 우리에게 땅을 약속했었죠. 뭐 그거야 당연한 거고. 전 홍의, 청의, 흑의로 한 자리씩만 받을 수 있다면 지금이라도 신태민 저하께 충성을 맹세할 생각입니다."

"한 자리라면 대장군, 근위대장, 정보부장입니까?"

"아이, 그 정도는 원하지도 않습니다. 딱 그 밑이면 되겠네요."

허남재는 피식 웃었다.

그 밑이라. 말이 그 밑이지 이 나라 최고 권력 중 한 자리를 달라는 것이나 다름없었다.

허남재는 표정을 관리하며 말을 이어 갔다.

"……그만한 공을 세울 수 있겠습니까?"

"물론이죠."

강철룡은 추가로 덧붙였다.

"일단 못 이기는 척 이서하 밑으로 들어간 뒤 결정적인 순간에 신태민 저하 쪽으로 붙겠습니다. 원래 내부의 적이 더 무서운 법 아니겠습니까? 동시에 중요한 정보는 계속해서 드리죠. 후암을 상대하느라 힘드실 텐데 이 정도는 있어야 하지 않겠습니까?"

세작이 되겠다는 소리다.

아직 그 어느 쪽에도 서지 않은 강철룡이라면 별다른 의심을 받지 않고 신유민 밑으로 숨어 들어갈 수 있었다.

마침 세작이 필요했던 허남재는 가만히 생각하다 고개를 끄덕였다.

"좋습니다. 일이 잘 풀리면 원하는 자리 하나씩은 드리죠. 다시 말하지만 맨 위는 안 됩니다. 이미 자리가 꽉 차서 말입니다."

"아이고, 그렇게까지는 바라지도 않습니다. 사람이 주제를 알아야죠. 너무 큰 걸 먹으면 탈 납니다."

"이제 한배를 탔으니 앞으로 잘 부탁합니다."

"저야말로 잘 부탁합니다."

강철룡은 자리에서 일어나다 말했다.

"아, 이서하가 누굴 붙였을지 모르니 뭐 비밀의 문 같은 건 없습니까?"

"뒷문이라면……."

"농담입니다."

강철룡은 너스레를 떨고는 인기척을 지웠다.

눈앞에서 강철룡이 사라지고 그의 목소리만이 들려왔다.

"그럼 주기적으로 연통 드리겠습니다."

그렇게 강철룡이 떠나고 허남재는 피식 웃었다.

그런 그의 옆으로 이건하가 모습을 드러내며 말했다.

"믿을 만한 인물은 아닌 거 같습니다."

"네, 저도 그렇게 생각합니다."

"그런데도 같은 편으로 들이신 겁니까?"

이건하의 질문에 허남재는 피식 웃으며 말했다.

"뭐, 쓸 만한 패는 될 거 같아서 말입니다."

허남재의 머리가 빠르게 돌아가기 시작했다.

Chapter 69.

육도(六徒)가 다니던 시절의 성무학관.

수업을 듣던 이재민은 깔깔거리며 떠들고 있는 세 사람을 바라봤다.

강철룡, 김신애 그리고 이청명이었다.

당시 이재민은 평범한 모범생이었다.

아니, 입학시험 2등을 평범하다고 할 수는 없을 것이다.

'한심한 놈들.'

강철룡과 김신애, 그리고 이청명은 나름 훌륭한 실력을 가지고 있었으나 공부를 게을리하고 수련도 열심히 하지 않아 10등 언저리를 차지했다.

1등을 다투는 이재민과는 친해질 리가 없는 친구들이라고 생각했다.

그러던 어느 날이었다.

"야, 이재민."

어느 날, 강철룡이 이재민의 방으로 들어오며 말했다.

"우리가 선물 가지고 왔는데."

강철룡 패거리가 내려놓은 것은 문제가 빼곡하게 적힌 시험지였다.

이재민은 시험지의 첫 문제를 읽자마자 그 정체를 알았다.

바로 내일 있을 역사 시험. 그 필사본(筆寫本)이었다.

"……이게 뭐냐?"

"우리가 교무실에 잠입해서 빼 온 거야. 그거 셋이 한 장씩 외워서 이렇게 필사해 왔지. 어때? 너도 한 장 줄게."

왜 주는 것일까? 그리 친하지도 않은 세 사람이 자신에게 이런 시험지를 줄 리가 없지 않은가.

"무슨 꿍꿍이냐?"

이재민은 애써 시험지를 못 본 척 고개를 돌린 뒤 공부를 계속했다.

"에이, 꿍꿍이는 무슨. 그냥 재수 없는 놈 하나 엿 먹이려고 그러지. 수석 있잖아. 수석."

당시 1학년 수석은 이재민이 아니라 어느 이름 없는 가문 출신의 남학생이었다.

"쥐뿔도 없는 놈이 잘났다고 고개 빳빳이 들고 다니는 거 보면 짜증 나서 말이야. 이 학관에서 좀 없애 버리려고."

성무학관의 학비는 500냥.

이름 좀 있는 가문한테는 별것 아닌 돈이지만 어떤 가문은 그것이 1년 예산이기도 했다.

"성무학관 장학금은 수석한테 나오는 거 알지? 그러니까 네가 수석을 떨어트려. 보니까 너 맨날 시험에서 몇 개 틀려서 밀리더구먼. 내가 도와줄게."

"네가 수석을 하면 되잖아."

"에이, 맨날 70점 받던 놈이 갑자기 만점 받으면 이상하잖아? 넌 이 역사 시험에서도 항상 90점은 받던 놈이니 만점 받아도 이상할 게 없지."

역사 시험은 만점을 받는 것이 불가능하다고 할 정도로 어려웠다. 수석도 95점 이상은 넘어 본 적이 없기에 여기서 만점을 받는다면 이번에야말로 1등을 탈환할 수 있을 것이다.

"그럼 너만 믿는다."

강철룡은 이재민의 어깨를 두드리고는 밖으로 나갔다. 이재민은 가만히 옆에 놓인 필사본을 바라보다 침을 삼켰다.

'저것만 있으면…….'

항상 골머리 앓았던 함정 문제를 미리 대비할 수 있을 것이다.

나도 수석을 해 볼 수 있다.

그런 생각이 들 때 즈음 이미 그는 필사본에 적힌 문제를 하나하나 살피고 있었다.

◆ ◆ ◆

이재민의 옛날이야기를 듣던 나는 머리를 긁적였다.

"그래서 어떻게 되었습니까?"

"내가 수석이 되었어. 뭐 그렇다고 바로 그 친구가 쫓겨나는 건 아니었지. 진급 시험에서 수석이면 다시 장학금을 받을 수 있었으니까. 그런데 그 친구는 진급 시험을 치를 수 없었어."

"왜죠?"

"다리가 부러졌거든. 급습을 당했다고 해. 그리고 그때부터 내가 저 세 놈의 수습 담당이 되었지."

"수습 담당이요?"

"나와 함께 있었다고 말했거든. 저 세 놈이."

순간 헛웃음이 나왔다.

"그리고 함께 있었다고 했겠네요?"

"……그래야지. 약점이 잡혀 있으니까."

수석을 습격한 건 아마 저 세 사람이었을 것이다.

어지간히 마음에 안 들었겠지.

양반집 자식이라는 것들은 밑에 있는 놈들이 자기들 영역으로 치고 올라오는 걸 싫어하니 말이다.

동명학관만 해도 그렇다. 고작 15살도 안 된 놈들이 가문이 어쩌니, 부모가 어쩌니 하면서 싸우지 않던가.

그러니 이 나라의 정점에 있는 성무학관에 변변찮은 가문 출신이 수석이라고 앉아 있는 게 마음에 들지 않았겠지.

그래서 이재민을 수석으로 만듦과 동시에 모범생이었던 그를 자신의 패거리로 끌어들인 것이다.

이재민은 스스로가 한심한지 허탈하게 말했다.

"솔직히 나쁘진 않았어. 녀석들이랑 같이 치는 장난도 재밌었고. 대접받는 것도 좋았지. 수석님, 수석님 하면서 말이야. 거기다 선생님들은 내가 말하는 건 다 믿어 줬거든. 그때부터 좀 교만해지긴 했지."

이래서 선입견이 중요하다.

"그럼 육도궁과 육도각은요?"

"걔들은 내가 저 셋과 놀기 전부터 알았던 친구들이야. 지금도 가끔 만나고."

한마디로 이재민은 육도의 조율자나 다름없는 셈이었다.

그러니까 겉으로 보기에는 그가 대장으로 보였을 것이다.

두루두루 친하며 이들 사이에 일어나는 모든 문제를 수습했을 테니까.

"철룡이는 힘 있는 사람들을 잘 이용하는 놈이야. 조심해라."

"조심이라……."

정치가 별거 있나? 자기편을 많이 만들면 그게 정치다.

그런 의미에서 강철룡은 나름 정치를 잘 이해하고 있다고

125

볼 수 있다.

그러나 그건 애들 장난일 때의 이야기다.

학창 시절에야 저게 통했을 수도 있었겠지.

일회용처럼 사람을 쓰고 버리며 여기저기 적을 만들어도 돌아오는 후폭풍은 없었을 것이다.

하지만 지금은 대업을 말하고 있다.

"중간에서 간을 보며 자기 가치를 올릴 생각인가 본데……."

어림도 없지. 여기저기 날아다니는 박쥐는 결코 큰일을 도모할 동료가 될 수 없다.

나는 팔짱을 끼며 말했다.

"무사가 된 후에도 같은 행동을 하고 다녔다면…… 이거 털면 어마어마하게 나오겠는데요?"

"저 셋을 약점으로 옭아맬 생각인가? 별로 좋은 생각은 아니야. 힘으로 누르면 복수하러 올 거다."

"아뇨. 저런 놈들 필요 없습니다."

육도보다 훌륭한 지휘관이야 이쪽에도 많다.

"저놈들이 가진 병력만 필요하죠."

이틀 뒤.

이서하와 다시 만날 약속을 한 강철룡은 친구들을 불러 놓고 계획을 설명했다.

"그래서 일단은 이서하 쪽에 들어가서 동향을 살필 생각이다."

그러자 김신애가 살짝 손을 든 뒤 말했다.

"생각은 알겠는데, 이서하한테 들키면 우리 다 죽는 거 아니야?"

"그놈이 우릴 어떻게 죽이냐? 그럴 실력도 안 될 텐데."

아무리 세상이 이서하를 높게 평가해 준다고 하더라도 실력 면에서는 지지 않을 자신이 있었다.

"지금까지의 행보를 보면 눈치는 빠른 놈이야. 쉽지만은 않을 거야."

"바로 그렇지. 그래서 최대한 조심스럽게 행동할 거야. 중요한 정보는 적당히 가려 가면서 넘기고 쓸데없는 것만 포장해서 넘기면 그렇게까지 의심받지 않겠지. 어차피 우리는 마지막에 편을 고를 생각이니까."

"신태민 측에 붙는 게 아니고?"

"지금 이 상황이 딱 좋아. 양측이 다 우리가 자기편이라고 믿을 거 아니야? 끝까지 보고 선택할 수 있다는 거지."

국왕 전하가 승하하고 나면 두 왕자의 싸움은 피할 수 없을 것이다. 누군가 한쪽은 모든 것을 잃을 것이고 한쪽은 모든 것을 얻겠지.

승산이니 뭐니 하면서 계산을 해 봤자 도박이나 다름없다.

"양쪽에 다 걸 수 있으면 걸어야지."

강철룡은 미소를 지었고 두 친구들은 고개를 끄덕였다.

지금, 이 순간을 위해 바로 신태민 측에 합류하지 않고 중립을 유지했던 세 사람이다.

"일단은 그렇게 알고 있어. 오늘 이서하를 만나서 여러 가지 요구를 하고 합류할 생각이니까."

친구들이 고개를 끄덕이는 것을 본 강철룡은 문을 열며 말했다.

"자자, 이서하를 구워삶아 보자고."

아무리 이서하가 날고 기어 봤자 아쉬운 쪽이 우물을 팔 수밖에 없다. 정치란 그런 것이다.

'유리할 때 다 뽑아먹어야지.'

강철룡은 그렇게 생각하며 약속 장소로 향했다.

명월관.

같은 장소, 같은 방이다.

강철룡은 일부러 약속 시간보다 늦게 도착해 안으로 들어갔다. 누가 갑인지를 보여 주는 아주 간단하고도 확실한 방법이었다.

만약 이서하가 불쾌한 표정을 내비추면 그것을 빌미 삼아 협상을 유리하게 끌어갈 수 있고, 전혀 불쾌한 기색 없이 저 자세로 나온다면 그건 그거대로 좋다.

그만큼 이서하가 절실하다는 뜻이니까.

"슬슬 들어가자."

강철룡은 문을 열고 3층 방으로 들어갔다.

이재민과 함께 앉아 있던 이서하는 강철룡이 들어가자마자 자리에서 일어나며 옷깃을 가다듬었다.

"미안, 미안. 갑자기 일이 생겨서 말이야. 그래도 그렇게 많이 늦지는 않았네."

사과 같지도 않은 사과를 한 강철룡은 슬쩍 이서하의 눈치를 보았다. 이서하는 불쾌한 기색 하나 없이 희미한 미소를 지으며 자리를 가리켰다.

"괜찮습니다. 앉으시죠."

나름 절실하구나. 표정이고 행동이고 모두 예의가 바르다.

이서하 정도의 위치에 있는 사람이 거의 반 시진은 늦은 사람을 기다렸고, 또 이를 그냥 넘긴다는 것만으로도 그의 상황을 알 수 있었다.

"일단 먹을 것부터 시킬까? 배가 고파서."

강철룡이 친구들과 격한 토론을 하면서 온갖 산해진미를 전부 시킨 뒤에야 이서하는 입을 열 수 있었다.

"생각은 잘 정리하셨습니까?"

"어느 정도는? 그런데 말이야, 완전히 생각을 결정하기 전에 물어보고 싶은 게 있어서."

"물어보시죠."

"알고 있겠지만 신태민 저하 측에서도 우리를 주시하고 있어. 그만큼 중요한 인재로 평가받아 기쁘긴 하지만 이게 다른 쪽에서는 배신자로 볼 거란 말이지. 어디도 속한 적이 없는데. 이해하지? 너도 그럴 거 아니야."

"그렇겠죠. 이렇게까지 만나고 공을 들였는데 반대편 진영으로 가면 기분이 좋지 않겠죠."

"그런 거야. 우리는 이제 적당히 누구 편을 들 수가 없어."

묵묵부답. 이서하는 신중하게 들으며 고개를 끄덕였다.

"그래서 말인데. 우리가 좀 생각을 해 봤거든. 어디 한쪽에 들어가면 뼈를 묻어야 하는데 그럼 충분한 보상부터 해야 할 거 아니야."

"원하는 땅과 직급을 말씀하시면……."

"에이, 그런 걸 말하는 게 아니야."

강철룡은 술잔을 따르며 말했다.

"서하 네가 신유민 저하 오른팔이라고 그랬지? 근데 선배인 우리가 그 밑으로 들어가는 건 좀 그렇잖아. 안 그래? 그래서 일단 호위대 정도는 되어야겠어. 신유민 저하는 수도에 우리보다 강한 부대도 없잖아."

호위대(護衛隊).

한마디로 자기들이 신유민 저하를 지키겠다는 것이다.

'이 판을 뒤흔들 수 있는 가장 강한 패지.'

호위대가 될 수만 있다면 왕자들의 싸움에 껴서 판을 뒤흔들 수 있다.

신유민을 죽이는 것도, 지키는 것도 자신들이 될 테니 말이다.

거기다가 직속 호위대라는 중요한 자리를 맡은 이상 중요한 정보를 빼내는 것도 어렵지 않을 것이다.

그러나 이서하는 대답하지 않았다.

'역시 안 되는군.'

호위대 자리를 달라는 건 반은 허세다.

이서하가 생각이라는 걸 한다면 만난 지 며칠도 되지 않은 자신에게 그렇게 중요한 자리를 내줄 리가 없으니 말이다.

그런데도 호위대 자리를 요구한 것은 일종의 협상 기술이었다.

처음에 터무니없는 것을 불러 거절을 유도한 뒤 진짜 요구를 꺼내면 대부분 합리적이라는 착각을 하게 되기 마련.

강철룡은 잠시 대답을 기다리다 준비해 온 대로 다른 요구를 꺼내기 위해 너스레를 떨었다.

"왜? 안 돼? 아, 신뢰가 없네. 신뢰가. 이재민 넌 뭐 했어? 말 좀 잘해 주지. 우리 믿을 만한 사람이라고."

그리고는 표정을 굳히며 말했다.

"야, 일어나자. 아무래도 우리를 별로 신뢰하지 않는 거 같네."

강철룡은 자리를 박차고 일어났고 그의 친구들도 함께였다.

이제 이서하가 뭔가를 요구해 올 것이다.

131

이미 협상의 주도권은 넘어왔으니 준비해 온 것보다 조금 더 좋은 조건을 주겠지.

강철룡이 그렇게 생각할 때 이서하가 입을 열었다.

"알겠습니다. 저하를 설득해 내일까지 답을 드리죠. 내일 술시(오후 7시) 초에 신유민 저하의 저택에서 뵙는 건 어떻습니까?"

"뭐?"

"왜요? 호위대장을 하고 싶으신 거 아닙니까? 그럼 신유민 저하와 대화를 해 봐야죠. 설득은 제가 할 수 있으니 오시기만 하면 됩니다."

예상치도 못한 답변에 강철룡마저 당황할 정도였다. 하지만 이 기회를 놓칠 수는 없다.

강철룡은 바로 착석한 뒤 말했다.

"그래, 그 정도 믿음을 주면 우리도 그쪽을 믿고 일할 수 있잖아. 맡겨만 주면 목숨을 걸고 신유민 저하를 지킬 생각이야. 우리가 또 자리를 주면 그 자리에서는 잘하는 사람이거든."

"노력해 보겠습니다."

"그래, 말 좀 잘해 드려."

이윽고 주문했던 음식이 나오고 강철룡은 비릿한 미소를 지으며 말했다.

"밥은 네가 사라."

이서하는 그 말에도 순종적으로 고개를 끄덕였다.

"그러죠."

그렇게 이서하와의 협상이 끝나고 강철룡은 친구들과 축배를 들었다. 이서하와 이재민이 있는 곳에서는 편하게 떠들며 마실 수 없으니 말이다.

김신애는 아직도 상황이 믿기지 않는지 신이 난 목소리로 말했다.

"진짜로 그걸 받아들이네?"

"그만큼 절박하다는 거겠지."

예상치 못한 호재에 강철룡은 고개를 절레절레 흔들었다.

'얼마나 절박한 거냐? 이서하.'

청신의 기린아(麒麟兒)니 뭐니 하는 소문도 헛소문이었던 모양이다. 아니면 그만큼 자신의 힘이 필요했던 것일까?

생각보다 자신의 가치가 높게 올라간 모양이었다.

그때 강철룡의 머리에 한 가지 사실이 스쳐 지나갔다.

'아~ 청신동란.'

동란으로 인해 청신의 철혈대가 막대한 피해를 입었다는 소식을 들은 적이 있다. 아마 그 철혈대가 신유민 저하의 수도군 역할을 하고 있던 것이겠지.

'그럼 이해가 되네.'

수도에 남은 유일한 중립 연대.

그것이 육도군이었으니 말이다.

애초에 수도에 항시 주둔시키며 호위대처럼 쓸 생각이었겠지.

"그럼 그냥 신유민 저하를 보필하는 게 낫지 않아? 우리 이대로 일이 잘 풀리면 근위대장도 가능한 거 아니야?"

"그럴 수도 있지. 하지만 몰라. 언제든 신유민 저하의 목을 들고 신태민 저하한테 갈 준비도 해야지."

"완전 나쁜 놈이네. 이거."

"너희들은? 싫음 빠져."

그렇게 행복한 밤이 지나가고 있었다.

신유민 저하의 저택.

나는 강철룡에게 줄 답을 신유민 저하와 먼저 정한 뒤 그들이 오기를 기다렸다.

강철룡은 전과 달리 시간에 맞추어 신유민 저하의 저택으로 들어왔다.

희망 가득한 얼굴. 강철룡은 정원에 마중 나와 있는 신유민 저하를 보고는 얼른 달려와 한쪽 무릎을 꿇었다.

"저하, 나와 계셨습니까? 안에서 기다리시지 않고."

"그대들을 빨리 보고 싶어 안에서 기다릴 수가 있어야지."

저하의 말을 들은 강철룡은 희망찬 얼굴로 나를 돌아봤다.

일단 고개를 끄덕여 주자.

신유민 저하는 세 사람에게 부드러운 어조로 인사를 건넸다.

"반갑다. 그대들이 육도인가?"

"처음 뵙겠습니다. 저하. 강철룡이라고 합니다."

"소신(小臣) 김신애라고 합니다."

"소신(小臣) 이청명입니다."

"그래, 나의 힘이 되어 주겠다고?"

이미 한쪽 무릎을 꿇은 강철룡은 포권(包拳)을 취하며 고개를 숙였다.

"네, 저하의 곁을 지키며 힘이 되어 드릴 영광을 주신다면 백골난망(白骨難忘)하여 분골쇄신(粉骨碎身)하겠습니다."

열심히 어려운 말을 써 가며 자신을 포장하는 강철룡이었다.

"하하하, 그렇게까지 할 거 없다. 내가 더 고맙지. 그럼, 지금부터 몇 가지 좀 물어보고 싶은 게 있는데 말이야."

"뭐든 성심성의껏 대답해 드리겠습니다."

이미 호위대장이 된 것만 같은 얼굴이다. 찬란한 미래를 생각하며 미래 청의선인의 최고봉이라고 할 수 있는 근위대장이 된 자신을 꿈꾸고 있겠지.

강철룡이 그런 환상에 젖어 있을 때 서진후가 죽간 더미를 가지고 오고 신유민이 하나하나 읽기 시작했다.

"그래, 사실대로만 말해 주게나. 그럼……."

이윽고 신유민 저하가 인자한 미소와 함께 말했다.

"먼저 강철룡. 계유년에 원정 임무 중 부하 무사를 겁탈한 적이 있는가?"

"네?"

강철룡은 멍청한 얼굴로 신유민 저하를 올려 보다가 나를 바라봤다.

설마 진짜 자기를 호위대장으로 삼을 거라고 생각한 것일까?

그런 줄 알았다면 실망인데.

과거에 한 짓이 저렇게도 많은데 말이다.

그렇게 한참을 멍청한 얼굴로 있던 강철룡은 겨우 상황을 파악하고는 죽일 듯이 나를 노려봤다.

하지만 어쩌겠는가? 여긴 이제 내 구역인데.

그 와중에도 신유민 저하는 미간 한 번 찌푸리지 않고 미소를 지으며 말을 이어 갔다.

"그게 대답인가? 아니면 질문을 다시 해 달라는 것이냐?"

"저기 저하, 그러니까……."

식은땀을 뻘뻘 흘리는 강철룡이었다. 두근거리는 그의 심장 소리가 내 귀까지 들릴 정도다.

"……그런 일은 없습니다."

"그래? 그럼 같은 해 계유년, 마수를 사냥하고 얻은 전리품의 7할만 보고하고 나머지는 빼돌린 것이 사실이냐?"

"저하! 이서하에게 무슨 말을 들으셨는지는 모르겠지만……."

강철룡이 답답함에 벌떡 일어나는 순간 서진후가 그의 다리를 툭 쳐 쓰러트린 뒤 무릎으로 목을 눌러 제압했다.

그제야 정말로 뭔가 심각한 일이 벌어지고 있다는 것을 깨달은 김신애와 이청명이 얼굴이 하얗게 질려 말했다.

"저하, 모함입니다!"

"네, 철룡이는 그런 일을 한 적이⋯⋯."

"사실 이미 증인과 증거는 다 확보한 상태다."

신유민 저하의 말에 두 사람이 입을 다물었다.

"지금까지 걸리지 않은 게 이상할 정도로 대놓고 했더구나. 거기 김신애, 이청명도 마찬가지다. 횡령, 뇌물 수수, 강간, 살인. 안 한 게 없더구나."

"그, 그건⋯⋯."

김신애가 말을 잇지 못하는 순간 제압당한 강철룡이 외쳤다.

"억울합니다, 저하! 저희가 특별히 나쁜 짓을 한 것도 아니지 않습니까? 저 정도의 일은 아무 선인이나 데려다 놓고 털어도 나올 정도의 일입니다."

그 말도 맞다. 이 바닥이 얼마나 썩었으면 비리 하나 없는 선인을 찾기가 힘들 정도다.

나는 씩씩거리는 강철룡에게 다가가 말했다.

"맞는 말입니다. 선배. 누구 하나 비리가 없는 사람이 없죠. 특히 선인들 중 9할이 그럴 겁니다. 다들 서로서로 쉬쉬하면서 그렇게 해 먹죠."

"그래, 이해하는구나. 너도 이제 선인이니 알겠지. 안 하는 게 병신이 되는 곳이잖아. 안 그래?"

"그럴 수 있죠. 그런데 말입니다⋯⋯."

나는 강철룡을 향해 세상의 진리를 말해 주었다.

"이게 또 문제로 삼으면 문제가 되더라고요. 이 정도면 최소 선인 박탈이겠네요."

"너……."

"큰일을 하기에 당신은 너무 더러워."

나는 자리에서 일어나 말했다.

"부대는 내가 잘 가져갈게."

내 말과 동시에 신유민 저하가 말했다.

"지금 이 시간부로 횡령, 강간, 살인…… 많기도 해라. 여기 적힌 죄목에 따라 세 사람의 선인 자격을 박탈한다. 이송해라."

저하의 명령에 서진후가 강철룡을 벌떡 일으켜 끌고 갔고 김신애와 이청명 또한 나라 잃은 얼굴로 뒤따랐다.

"이서하아아아아! 이 새끼! 내가 죽여 버린다!"

강철룡의 절규를 들으며 나는 고개를 끄덕여 주었다.

패자의 외침은 언제 들어도 기분이 나쁘지 않다.

육도의 망나니 3인방의 처우는 빠르게 결정 났다.

없는 사건도 조작해서 누군가를 쫓아낼 수 있는 마당에 저지른 일을 들춰내는 건 일도 아니었으니 말이다.

거기다 많은 선인의 일거수일투족을 감시하는 후암이 육도(六徒) 정도나 되는 이들의 약점을 안 가지고 있을 리가 없었다.

그렇게 육도 3인방은 국경 수비대로 좌천되었다.

죄질은 악랄하나 어쨌든 실적이 많은 선인이었으니 목을 날리거나 감옥에서 썩게 놔둘 수 없다는 것이 의금부의 결정이었다.

'피해자가 누구였냐는 것도 중요하니까.'

피해자는 모두 평민 출신 무사들이었기에 의금부가 내린 결정에 이의를 제기하는 사람도 없었다.

그래도 국경으로 좌천된 선인은 모든 힘을 잃는 것이나 다름없다.

육도 3인방의 정치 생명은 이미 끝났다는 것이지.

예상대로의 처우이긴 했으나 신유민 저하는 불만이 많은 듯 중얼거렸다.

"목을 날려도 시원찮을 판에……."

"그건 저하가 왕이 되고 바꾸시면 됩니다."

"그래야지."

정해우는 미소를 지으며 나를 바라봤다.

"이제는 어떻게 하실 생각이십니까? 아무 생각 없이 육도 3인방을 내친 건 아닐 텐데요."

"네, 그들의 연대를 흡수할 생각입니다."

청신은 이번 동란으로 많은 무사들을 잃었으니 명분도 충분하다.

"이미 청신에서 증원 신청을 넣었을 겁니다. 마침 육도 3인방이 좌천되었으니 그들의 연대가 자연스럽게 청신으로 배

139

정되겠죠."

"그렇군요. 그런데 다른 곳에서도 그 연대를 원하고 있다고 합니다."

다른 곳?

정해우는 굳은 얼굴로 출사표 하나를 건넸다.

"백성엽 장군님과 이건하 선인님이 원정을 떠난다고 합니다. 잦은 출장에 병사들의 피로가 누적되어 육도 3인방에게 지원 요청을 했더군요."

"그 말은 육도 3인방을 지목했다는 겁니까?"

"네, 대장군이 지목했습니다."

"이거 언제 신청한 겁니까?"

"어제입니다."

"그럼 출정은……?"

"5일 뒤입니다. 비록 육도 3인방은 좌천되었지만 그들의 부대는 대장군의 원정대로 배치되었을 겁니다."

이런……. 선수를 빼앗겼다.

'내 생각을 읽었구나.'

허남재의 짓이 분명했다.

그 또한 육도 3인방을 포섭하려 했다.

아니, 포섭하려는 것처럼 움직였다.

그러나 허남재 역시 저런 놈들에게 휘둘리기는 싫었을 것이다. 단순 지휘관으로는 괜찮을지 몰라도 대업을 함께할 만한 인물들은 아니니까.

그렇기에 나와 같은 생각을 한 것이다.

그 셋을 처리하고 그들의 부대만 흡수하기로 말이다.

아마도 내가 그 3인방을 처리할 것이라는 확신이 있었겠지.

"완전히 당했네요."

이대로 육도 3인방의 연대가 백성엽의 부대에 흡수되면 재주는 곰이 넘고 돈은 되놈이 먹는 꼴이 된다.

정해우는 착잡한 얼굴로 말했다.

"죄송합니다. 저도 오늘 안 사실이라."

"어쩔 수 없죠."

이건 어쩔 수 없다.

허남재에게 완전히 당해 버렸으니 말이다.

"이제 우리가 할 수 있는 건 없습니다."

백성엽은 국왕 전하가 임명한 대장군이다.

제아무리 대리청정 중인 신유민 저하라도 그가 하는 일에 아무런 명분 없이 딴죽을 걸 수는 없다.

"그럼 이대로 연대를 태민이에게 넘겨줘야 하는 거냐?"

"아니죠."

그럴 수는 없다. 미련 곰탱이가 될 수는 없지.

"우리가 못하면 다른 사람에게 부탁해야죠."

군 최강자에게 말이다.

◆ ◈ ◆

백성엽 장군의 집무실.

허남재가 깔깔거리며 자기 자랑을 하고 있었다.

"예상대로 이서하가 3인방을 처리했더군요. 제가 뭐라고
했습니까? 이서하는 절대로 그런 소인배들과 같이 일을 도모
하지 않을 것이라고 하지 않았습니까? 이제 전리품만 쏙 빼
가면 우리의 승리입니다."

허남재는 너스레를 떨었고 백성엽은 그런 그를 보며 웃었다.

"그런데 이서하가 그냥 물러날까?"

"방법이 없지 않겠습니까? 신유민 저하가 장군님의 요청을
아무 이유 없이 거절한다면 절대 좋은 소리는 못 들을 겁니다."

"아니, 방법이야 있지. 예를 들어 철혈님이 직접 나서서 청
신에 양보해 달라고 하면 어떡하겠는가? 내가 거절할 수 있
겠는가?"

"철혈님이 그럴 리가요."

허남재는 손사래를 치며 말했다.

"철혈님 성격에 누구한테 고개 숙일 분은 아니죠. 정치도
안 좋아하시고, 고개를 숙이는 것도 싫어하시니 결코 그런 요
청을 할 리가 없습니다."

"그래?"

"그럼요. 게다가 아무리 철혈님이라고 하더라도 지금은 그

냥 청신의 가주일 뿐입니다. 모든 군의 결정은 백성엽 장군님의 명령이 우선이죠. 철혈님이 부탁한다고 해서 들어주실 이유도 없지 않습니까?"

"진짜 그렇게 생각하나?"

"법적으로는 그렇다는 겁니다."

"하하하."

백성엽은 슬쩍 고개를 돌렸다.

"자네 방심했구먼."

"네?"

"옆방으로 가 있게. 곧 손님이 오실 예정이니."

순간 허남재는 표정을 굳히고는 자리에서 일어난 뒤 옆방으로 들어갔다.

그리고 얼마 지나지 않아 이서하가 들어오며 말했다.

"오랜만입니다. 백성엽 장군님."

"오랜만이네. 이 선인. 그리고……."

그리고는 뒤따라 들어오는 거구의 노인을 향해 고개를 숙였다.

"그간 강녕하셨습니까? 근위대장님."

"하하하, 지금은 그냥 시골 노인입니다. 대장군님."

옆방으로 이동한 허남재는 굳은 얼굴로 천장을 올려 보았다.

'이강진이 움직였다고?'

그렇게 생각하는 사이 이강진이 입을 열었다.

"장군님이 또 다른 원정을 떠난다고 들었습니다. 그리고 청신의 수비대로 올 연대를 데려가시겠다고."

"청신의 수비대 말입니까? 아, 육도라고 불리던 선인들이 이끌던 연대 말이군요. 네, 그렇습니다. 제 부하들이 많이 지쳐서 말입니다. 아미숲에서도 꽤 많은 부하들을 잃기도 했고요."

이강진은 미소와 함께 말했다.

"그러시군요. 그래도 혹시 그 부대를 청신에 넘겨주실 수 있겠습니까? 이번 청신동란 소식은 들어 아실 겁니다. 나찰과 내통한 자들이 엄청난 혈겁을 일으켰죠. 왕가의 방어선인 청신을 약해진 상태로 둘 수는 없지 않습니까?"

"동의합니다."

백성엽은 가만히 생각하다 말했다.

"그럼 3,000의 병력 중 2,000은 청신에 내어 드리죠. 그래도 한 연대는 저도 가져가야 하지 않겠습니까?"

"배려해 주셔서 감사합니다."

백성엽의 말에 허남재는 눈을 질끈 감았다.

용건이 끝나자 이강진은 바로 자리에서 일어났고 백성엽은 뒤따라 일어나며 말했다.

"오랜만에 오셨으니 저녁이라도 대접하겠습니다."

"아닙니다. 대장군님도 바쁘실 텐데. 우리 손주들이나 잘 부탁합니다."

이강진은 자리에서 일어나며 옆방을 힐끗 보고는 말했다.

"그리고 앞으로는 내가 나서는 일이 없었으면 좋겠습니다."

의미심장한 말이었으나 백성엽은 모르는 척 고개를 끄덕였다.

"그럼요."

"가자, 서하야."

"네, 할아버지."

이서하는 자리에서 일어난 뒤 백성엽에게 고개를 숙여 인사했다.

"그럼, 무운을 빌겠습니다."

그렇게 이강진과 이서하가 나가고 허남재는 옆방에서 나와 말했다.

"어째서 두 연대를 내어 준 겁니까? 하나만 내어 주는 것도 괜찮지 않습니까?"

"직접 와서 부탁하신 거네. 한 연대라도 지킨 걸 다행으로 여기게."

백성엽은 이서하를 생각하며 책상을 두드렸다.

'이서하가 설득한 게 아니야. 스스로 오신 거다.'

은퇴를 하고 단 한 번도 병조에 찾아온 적이 없는 분이다.

그렇다면 왜 움직였을까? 손자를 위해?

- 앞으로 내가 나서는 일은 없었으면 좋겠습니다.

철혈의 말을 곰곰이 곱씹은 백성엽은 슬쩍 허남재를 보며 말했다.

"자네 청신동란과 연관이 있나? 난 은월단이 한 짓이라고 들었는데."

"그냥 묵인한 것이 연관이라고 한다면 연관이 있다고도 할 수 있겠죠."

"그런가? 그런데 만약에 말이야. 만약에 자네가 청신을 건드린 거라면……."

백성엽은 허남재의 앞에 서서 말했다.

"그러지 말게. 인간들끼리 싸울 거라면 용은 잠자게 놔둬야지. 안 그런가?"

"하하하."

허남재는 평온하게 말했다.

"저도 그렇게 생각합니다."

머릿속이 복잡해지기 시작한 허남재였다.

"전부 주지는 않는구나. 서하야."

"두 연대라도 받은 게 어딥니까? 감사합니다, 할아버지. 좀 무리한 부탁이었는데."

"아니지, 청신을 재건하는 데 훈련된 정예 무사들은 필수니 내가 움직여야지."

청신동란 이후 할아버지의 생각은 회귀 전과 완전히 반대 방향으로 향했다. 모든 것을 포기하는 것이 아니라 새로 시작하려는 쪽으로 말이다.

'회귀 전이었다면 세 노(老)고수분들도 용서를 받지 못하고 죽었었겠지.'

거기에 민간인은 물론 철혈대도 엄청나게 죽었을 것이다.

격분한 할아버지는 배후를 찾아보지만 결국 찾지 못한다.

애초에 이건하는 용의자도 아니었을 테니까.

가주 자리까지 내려놓고 상심에 빠져 배후만 찾다가 국왕 전하가 돌아가심과 동시에 은둔 생활에 들어가셨었다고 들었다.

'그래서 신유민 저하는 도움을 받지 못했지.'

하지만 이번에는 다르다. 노고수들은 마음의 짐을 벗어던지고 할아버지를 지탱해 주고 있었으며 청신의 피해도 회귀 전과 비교하면 미미하다.

'할아버지가 전선에 복귀하실 수도 있다.'

할아버지가 전선에 복귀해 준다면 그것만으로도 나에게는 큰 힘이 될 것이다.

아니, 큰 힘이 아니라…….

'판이 뒤집히지.'

나찰들이 가장 두려워하는 일이니까.

그러니 일단 나도 신중하게 가자.

'은근히 마음이 따뜻한 분이니까.'

최대한 할아버지가 상처받지 않는 쪽으로 말이다.

나는 그런 이상주의(理想主義)적 생각을 하고 있었다.

◆ ◈ ◆

일이 마무리되고 다음 날.

나는 다시 한번 이재민을 만나 남은 육도 둘에 관한 이야기를 나누었다.

"이제 남은 건 육도궁(六徒弓)이랑 육도각(六徒脚)이네요. 두 사람은 괜찮은 거죠?"

"인간적으로는 괜찮은 애들이지. 근데 사교적이진 않아. 원정에 미친놈들이라고나 할까."

이재민의 말대로 두 사람은 결코 수도에 있는 일이 없었다.

이정문에게 물어본바 남은 두 육도는 1년 12개월 중 11개월은 임무 수행 중이며 남은 한 달도 거리가 멀다며 수도로 복귀하는 일은 없었으니 말이다.

"만나려면 같이 원정을 나가야겠네요."

"그래야겠지. 가끔 편지 주고받으니 미리 알려는 놓을게."

"그래 주시면 감사하겠습니다."

"뭘."

이재민은 씁쓸하게 말했다.

"친구들 몇은 보내 버렸으니 몇은 또 챙겨야지. 아, 오해하지 마라. 나 너한테 원한은 없으니까. 그놈들도 벌 받고 나처럼 갱생해서 잘살아 봐야지."

이재민과의 대화를 끝내고 나는 병조로 돌아와 회의실로 향했다.

"정이준이는 잘 합류했으려나."

정이준을 맞이하는 일은 민주와 상혁이에게 맡겨 놓았으니 일 처리가 정상적으로 이루어졌다면 지금쯤 광명대에 합류해 있을 터였다.

"정상적으로 일 처리를 했다면 말이지."

그렇게 문을 연 회의실 안에는 민주와 상혁이가 침울하게 앉아 있다.

그럼 그렇지. 못 데리고 올 줄 알고 있었다.

"너희 뭐 하냐? 우리 신입은?"

그러자 상혁이가 말했다.

"네가 말한 정이준 말이야. 그 친구 어머니가 아프시다고 하더라. 그래서 자기 고향 수비대를 가야 할 거 같다고."

"일단 약이라도 지어 드리라고 도와주긴 했는데 우리 부대가 아니라 자기 마을 수비대 가야 할 거 같아."

두 사람의 말을 가만히 듣고 있던 나는 민주에게 물었다.

"그래서? 뭐 돈이라도 줬어?"

"응! 100냥은 필요한데 아직 부대 배치가 안 돼서 돈을 못 보냈다고 하더라고. 그게 사실 우리 때문이잖아. 그래서 내가 약 좀 지어 드리라고 돈을 주긴 했거든. 너무 안됐더라. 막 우는데 내가 다 마음이 아프더라고."

"진짜 안됐지? 그렇지?"

"우리 그냥 이준이 자기 마을 복귀시켜 주면 안 될까?"

나는 미소를 지으며 고개를 끄덕였다.

"정이준네 어머니 어제 애인이랑 수도에서 놀다 가셨어. 하룻밤에 50냥은 쓰고 가셨더라."

"응?"

어벙하게 나를 쳐다보는 두 바보.

"너희들 속았다고."

그러자 민주와 상혁이가 차례대로 한마디씩 했다.

"에이, 누가 자기 엄마 가지고 그런 거짓말을 해?"

"진짜 가슴이 먹먹해질 정도로 울었다니까. 네가 그 모습을 봤어야 해."

"그래, 그랬겠지."

사실 이럴 줄 알고 이 둘에게 일을 맡긴 것이었다.

우리 광명대는 너무 착하다.

'이번 기회에 인간이 얼마나 뻔뻔할 수 있는지를 알려 줄 수 있겠지.'

광명대에도 악인(惡人)이 하나 들어올 때가 되었다.

Chapter 70.

Chapter 70.

정이준.

대충 정리한 머리와 평범한 옷.

누가 봐도 배경에 하나로 보일 정도로 특별할 것 하나 없는 청년은 나름 자신의 인생 설계에 만족하고 있었다.

성무학관에서는 항상 꼴등을 유지했고 무과에서도 겨우 하급 무사가 될 정도의 성적으로 통과했다.

이제 성무학관 시절 열심히 만든 인맥대로 수비대에 배치 되어 평온한 삶을 사는 것이 설계의 최종 단계였다.

"그럴 생각이었는데."

하급 무사가 된 후 그는 그 어떤 수비대에도 배치받을 수 없었다.

실습 기간에 친해진 소대장에게 들은 이유는 이러하다.

"좀 힘 있는 선인 중 하나가 널 자기 부대로 데려가겠다고 했나 봐. 좋겠다. 출셋길 열렸네."

진심으로 축하해 주는 소대장이었으나 정이준은 절망했다.

"이런 씨발……."

출세하고 싶은 생각은 없다.

위로 올라갈수록 골치 아픈 일에 연루될 것이고 또 매일 죽느냐 사느냐를 고민하며 살아야 할 것이다.

그럴 바에는 그냥 적당히 편안한 곳에서 꿀이나 빨다가 상급 무사 정도만 된 뒤 연금이나 받아 챙기면서 사는 게 낫다.

하지만 시작부터 꼬였다.

'누구지? 도대체 누가 날?'

이런 일이 생길까 봐 눈에 띄지 않기 위해 항상 노력해 왔다.

그러면서도 편안하게 살 수 있는 최소한의 여건인 학연, 지연을 마련해야만 했다.

성무학관에 입학해 꼴등만 도맡아 한 것도 다 그 일환이었다.

사회에서는 성무학관 출신들 사이에 껴서 이것저것 도움을 받을 수 있으면서도 크게 주목받지 않게끔 말이다.

그 어려운 것을 해냈는데 도대체 누가? 도대체 누가 자신을 지목했다는 것인가!

"아, 모르겠다."

정이준은 머리 뒤로 손깍지를 끼며 등받이에 기댔다. 그리고 그때 그와 함께 졸업한 김준성의 패거리가 그를 발견하고 다가와 말했다.

"뭐야? 정이준. 너 아직도 배치 못 받았냐?"

수비대가 되어 돌아다니는 동기들을 보며 정이준은 고개를 흔들었다.

"무슨 이유인지는 몰라도 안 해 주더라. 완전 백수야, 백수. 돈도 못 받아."

"하하하, 그러니까 성적 좀 잘 받지. 너 턱걸이로 통과해서 그래 인마."

정이준은 비웃는 동기들 사이로 해골이 되어 버린 김준성을 발견하고는 말했다.

"준성이 넌 안색이 안 좋다."

원래라면 미천한 게 말을 건다며 쏘아붙여야 하는 김준성은 한숨만 쉬고는 앞으로 걸어 나갔다.

"저놈은 왜 저래?"

그렇게 백수로 지내던 어느 날.

드디어 정이준도 한 소대에 배치되었다.

"광명대요?"

"그래, 광명대다."

병조(兵曹)의 관리로 있는 선인은 미소를 지으며 설명을 이어 갔다.

"이서하라고 알지?"

"네, 잘 알고 있습니다."

절대로 얽히기 싫은 선인 1순위였다.

2차 북대우림 원정, 신평동란, 대곤산맥 전투, 아미숲 원정, 청신동란 등등.

굵직굵직한 전투에서 살아 돌아온 위대한 선인이 아닌가.

더욱 엄청난 것은 이서하의 나이가 고작 정이준보다 한 살 많다는 것이다.

한마디로 불나방이다.

자기 죽을 줄 모르고 불에 달려드는 불나방.

그리고 지금 이 순간 정이준 또한 그 불나방 부대에 배치된 것이었다.

"이서하가 딱 자네를 원했다고 하더군. 광명대는 고작 5명뿐이니 지금 들어가서 자리만 잡으면 출셋길도 열린다고 볼 수 있으니 잘해 보게."

"하하하……."

민망하게 웃은 정이준은 집무실을 떠나며 한숨을 내쉬었다.

"와우."

좆됐다. 최악의 소대에 배치되어 버렸다.

"아미숲까지 따라가는 미친놈 소대에 들어가야 해? 정말로? 내가? 와, 미치겠네. 내 이름은 또 어디서 본 거야?"

절대 튀지 않기 위해 노력했는데 말이다.

'뭔가를 해야 해.'

이미 배치된 이상 다른 부대로 전입될 방법은 두 가지뿐이다.

소대장에게 허가를 받거나, 아니면 그보다 위에서 명령이 내려오든가.

위에는 아는 사람이 없으니 어떻게든 이서하를 구워삶아 다른 곳으로 전입 허가를 받아야 한다.

그렇게 병조를 나설 때였다.

"근데 정이준이 누군지는 어떻게 알아?"

"물어보면 불러 주지 않을까?"

저 앞에 순진하게 생긴 두 남녀가 걸어오는 것이 보였다.

'광명대다.'

이제 막 배치받은 자신을 찾는 무사라면 광명대원일 가능성이 컸다. 정이준은 표정을 싹 바꾼 뒤 그들에게 다가갔다.

"혹시 광명대원이십니까?"

"응? 네, 맞습니다."

"제가 정이준입니다. 오늘부로 전입 신고받았습니다."

정이준의 말에 여자는 활짝 웃으며 말했다.

"우와 잘됐다. 어떻게 찾아야 하나 걱정했었는데. 반가워. 난 신평의 박민주라고 해."

"반갑다. 난 은악의 한상혁. 앞으로 잘 부탁한다."

"저야말로 잘 부탁합니다."

정이준은 미소를 지으며 두 사람과 악수를 한 뒤 말했다.

"그런데 이서하 대장님은……."

"서하는 일이 있어서. 우리가 안내해 줄게."

"아, 그렇습니까?"

흐음.

정이준은 가만히 생각했다.

이 두 사람을 잘만 이용해 자신의 편으로 만든다면 전입 허가를 받기 쉽지 않을까?

'시도해서 나쁠 건 없지.'

생각을 마친 정이준은 바로 연기에 들어갔다.

"아……."

정이준이 할 말이 있는 것처럼 안절부절못하고 있자 박민주가 말했다.

"안색이 안 좋은데? 왜 그래?"

"아, 그게 저희 어머니가 좀 아프시다는 소리를 들어서요."

"어머니가 아프시대?"

"네, 그게……."

정이준은 머릿속에 떠오르는 아무 병명이나 말했다.

"두창(痘瘡)입니다."

두창이라는 말에 박민주와 한상혁의 눈이 동그랗게 커졌다.

"정말로? 그거 목숨이 위험한 병이잖아."

"뭐야? 안 찾아봬도 돼?"

알고 있는 병명 중 가장 치명적인 병을 뱉은 정이준이었다.

사실 두창(痘瘡)이 정확히 무슨 병인지도 모르지만 말이다.

실제로 본 적도 없고.

어쨌든 효과는 굉장했다.

정이준은 최대한 불쌍한 표정을 연기하면서 말했다.

"찾아가 뵙긴 해야 하는데 배치가 안 돼서. 어머니가 홀로 고생하고 있을 걸 생각하니. 크흑."

정이준은 박민주와 한상혁의 표정을 살폈다.

안타까움이 가득한 얼굴. 완벽하다.

"그래서 고향의 수비대에 배치해 달라고 요청을 했던 참입니다. 아, 물론 저를 지정해 주신 건 매우 감사한 일입니다만 상황이 상황인지라……."

그러자 한상혁이 말했다.

"먼저 약이라도 보내 드려야 하는 거 아니야?"

"네, 그렇지만 남은 돈은 학비로 다 써 버렸고 배치가 늦게 되는 바람에 모아 놓은 돈도 없어서. 고향으로 내려가 제가 직접 돌보는 게 좋을 거 같습니다."

"어머."

박민주는 완전히 몰입한 얼굴로 말했다.

"그래도 일단 약부터 먼저 사 드려."

"아니, 수비대가 되면 외상으로도 약을 구할 수 있을 테니 그냥 제가 고향으로 가는 게……."

"그러면 늦잖아!"

박민주는 버럭 소리를 지른 뒤 말했다.

"따라와."

그렇게 시내의 객주(客主)로 향한 박민주는 상자 하나를 들고 나오며 말했다.

"일단 100냥이거든. 이걸로 약부터 사서 보내고 전입은 서하랑 얘기해서 알려 줄게."

"아……."

돈까지 받아도 되는 건가?

'에이 뭐, 내가 달라고 했나?'

주면 받아야지.

정이준은 꾸벅 인사를 했다.

"꼭 갚겠습니다."

"부담 갖지 마. 그렇게 많은 돈도 아닌데 뭐. 더 필요하면 말하고."

역시 신평. 부자는 좋겠다.

어쨌든 일이 잘 풀렸다. 이 두 사람이 이서하를 설득해 준다면 전입도 불가능한 일이 아닐 것이다.

그렇게 한숨을 돌릴 때였다.

"어! 아들!"

저 멀리서 익숙한 목소리가 들렸다.

남자 둘의 팔짱을 끼며 놀러 다니던 중년의 여성.

바로 정이준의 어머니였다.

'아이씨, 저 인간 왜 여기 있어?'

아들과 눈이 마주친 정이준의 모친은 반갑게 손을 흔들며 말했다.

"그거 돈······?"

정이준은 엄마의 말이 끝나기 전에 외쳤다.

"아픈 어머니를 챙겨 주셔서 감사합니다! 선배! 이 은혜 잊지 않겠습니다!"

그와 동시에 어머니를 쨰려보자 그녀는 능청스럽게 지나가던 꼬마에게로 시선을 돌리며 말했다.

"어머, 우리 아들이랑 닮았네."

그래도 눈치는 빨라 다행이다.

'후우.'

큰 위기를 넘긴 정이준은 미소를 지으며 말했다.

"이건 꼭 어머니 약값으로 쓰겠습니다."

상혁은 그런 정이준의 어깨를 두드리며 말했다.

"일단 의원부터 찾아가 봐. 힘내라."

"네. 선배님들."

정이준은 진심으로 걱정해 주는 선배님들을 바라보며 말했다.

"착하신 분들이야."

다신 볼 일이 없었으면 좋겠지만 말이다.

◆ ◆ ◆

"그래서 돈도 주고, 휴가도 주고? 그 이후로는 본 적이 없어?"

"없는데."

"바쁘지 않을까? 어머니도 봬야 하고."

"걔네 엄마 안 아프다니까 그러네."

나는 두 순둥이를 보며 생각에 잠겼다.

정이준. 내가 그를 광명대로 들이려는 이유는 그가 광명대
에 차이를 가져올 만한 인물이기 때문이다.

회귀 전, 정이준의 행보는 이렇게 말할 수 있다.

게으른 천재.

하지만 그는 단순히 노력을 안 하는 천재가 아니다.

최대한 게으르게 살기 위해 천재적 재능을 이용하는 별난
천재. 그런 정이준이 자기 재능을 선보이기 시작한 것은 나
찰과의 전쟁이 시작된 후였다.

이유는 간단했다.

인간들이 다 죽으면 평범한 삶을 살 수 없으니까.

그는 온갖 기상천외한 방법으로 활약했고 그 공을 인정받
아 시련을 받지 않고도 선인으로 올라갔다.

정확히 어떤 방식으로 나찰을 농락했는지는 모르지만, 당
시 정이준에게 붙은 별명으로 그의 성향을 추측할 수 있었다.

사기선인(詐欺仙人) 정이준.

뒤에 선인을 붙여 올려 주긴 했으나 그냥 사기꾼이라는 것이다. 풍문에 따르면 거짓말뿐만이 아니라 변장술, 소매치기 등등 많은 잡기술에 능하다고 했다.

'정직한 광명대원들과는 정반대라는 거지.'

그리고 그 이름값을 하는 것만 같다.

이미 상혁이와 민주를 훌륭하게 속여 넘겼으니 말이다.

아니, 이 둘은 5살 어린애도 속일 수 있을 테니 별로 대단한 일은 아닌가?

'차라리 잘됐어. 제대로 당해 봐야지.'

정이준을 환영하는 역할에 상혁이와 민주를 배치한 것은 두 사람을 교육하기 위함이었다.

이렇게 완벽하게 당해 봐야 좀 배우지 않겠는가?

그런 의미로 나는 두 사람에게 정이준을 맡김과 동시에 후암 중 한 사람을 그에게 붙여 놓았다. 어떤 거짓말을 할지 모르는 사람이니 정확한 신상 파악은 필수였으니 말이다.

"백문이 불여일견. 어떤 게 진실인지 보면 알겠지. 따라와."

"어디 가려고?"

"정이준이 모친을 만나러."

"정이준네 어머니?"

두 순둥이는 반신반의하며 내 뒤를 따랐다.

이윽고 도박장 앞에서 전가은을 만난 나는 그녀에게 물었다.

"여기 안에 있는 겁니까?"

"하얀 저고리에 분홍색 치마를 입은 분입니다. 목소리가 크니 알아보실 수 있을 겁니다."

"감사합니다."

전가은의 말대로 목소리가 큰 분이었다.

"아! 무슨 22가 두 번 나와! 콩도 아니고!"

"……."

좌절하는 중년의 여성.

흰색 저고리에 분홍색 치마. 나이에 어울리지 않게 화려한 옷을 입은 여자는 씩씩거리며 상자에서 돈을 꺼냈다.

그리고 그 상자를 본 민주가 말했다.

"어, 저거……."

"왜? 네가 준 상자야?"

"그런 거 같은데."

자기가 정이준에게 준 상자라고 생각한 것이다. 그러자 상혁이가 고개를 흔들었다.

"에이, 객주(客主)에서 다 똑같은 상자 주지 누군 다른 거 줘? 민주 네가 준 거 아닐 거야."

애써 현실을 부정하는 상혁이. 나는 두 사람에게 따라오라는 손짓을 한 뒤 정이준네 어머니에게 가서 말했다.

"아이씨. 다 떨어졌네."

"안녕하세요. 어머니."

어머니는 나를 돌아보고는 말했다.

"어머, 우리 잘생긴 청년은 누구신가?"

"이준이 친구입니다. 여기서 다 뵙네요."

"이준이 친구?"

어머니는 눈을 깜빡이더니 말했다.

"어머, 이준이가 누구야?"

"봐봐, 아니네."

상혁이가 안도하는 소리가 들렸다.

아마 정이준이 수도에서는 자기 엄마라는 걸 밝히지 말라고 했겠지.

그렇다면 방법이 있다.

"어라? 아니십니까? 제가 이준이한테 빌린 돈이 있어서 어머니에게 갚으려고 했는데."

그러자 어머니의 태도가 바로 돌변했다.

"돈? 얼마?"

"한 50냥 정도 빌렸었거든요."

"어머 어머, 그래? 이준이한테? 그 돈이 어디서 났을까? 아무튼 내가 이준이 엄마 맞아. 나한테 주면 돼."

"에이, 아깐 아니시라고."

"호패 보여 줘? 내가 이준이한테 잘 전해 줄게. 걱정하지 말고 주면 돼."

나는 친구들을 돌아보았다.

믿을 수 없다는 표정으로 어머니를 보는 두 순둥이.

그렇게 멍하니 있던 상혁이와 민주가 나에게 다가와 말했다.

"아닌데 맞는 척하는 거 아니야?"

"맞아. 돈 받으려고 일부러 맞다고 하는 거 같아. 주면 안 될 거 같은데?"

"이 정도면 받아들여라. 너희 속은 거 맞아."

"이럴 수가!"

그때, 때마침 한 남자가 인파를 뚫고 와 말했다.

"엄마! 뭐 하는 거야! 내가 그거 가지고 다른 데 가서 놀라고 했지. 내 인생이 걸린 일이라고!"

정이준. 그를 본 두 순둥이는 그제야 현실을 받아들인 듯 입을 벌렸고 시선을 느낀 정이준 또한 나에게 고개를 돌렸다.

정이준네 어머니는 활짝 웃으며 말했다.

"이준이 왔어? 여기 네 친구가 돈을 갚는다고 왔어. 어디서 돈이 나서 친구한테 50냥이나 빌려줬을까?"

"……."

정이준은 민주와 상혁이를 보고는 마른 입술을 적셨다.

그러거나 말거나. 나는 정이준에게 다가가 말했다.

"반갑다. 광명대장 이서하다."

"……아."

그리고는 활짝 웃으며 말했다.

"충성! 하급 무사 정이준입니다."

"그래, 내일부터 정시 출근해라."

"알겠습니다. 대장님."

확답을 들은 나는 입을 벌리고 아무 말 못 하는 두 순둥이의 팔을 잡아끌었다.

그리고 몇 걸음 걸어가다 고개를 돌리며 말했다.

좌절하던 정이준은 내가 돌아보자 바로 차려 자세로 경례했다.

"그리고 100냥은 네 월급에서 까서 민주 줄 거니까 그렇게 알아라."

"무, 물론입니다. 대장님."

"그래, 수고."

"살펴 들어가십시오!"

그렇게 광명대에 부족한 악(惡)을 채워 줄 막내가 합류했다.

좆됐다. 아무리 생각해도 좆됐다.

그렇게 좌절에 빠져 주저앉은 정이준에게 그의 어머니가 다가와 말했다.

"야, 이준아. 근데 저 친구 50냥은 왜 안 갚고 가냐?"

"아 쫌!"

정이준은 놀란 엄마를 바라보다 말했다.

"내가 가라고 했잖아. 왜 아직도 여기 있어?"

"이왕 온 거 좀만 더 놀다 가자. 돈도 더 생겼는데."

"하아, 돈을 준 내가 병신이지."

정이준은 한숨과 함께 고개를 들어 올렸다.

그 와중에도 회전판은 열심히 돌아가고 있었고 정이준은 가만히 바라보다 말했다.

"엄마, 저거 뒤에서 멈추는 새끼 있어. 그러니까 할 거면 다른 걸 해."

"진짜? 그러면 이거 사기잖아! 이 자식들이."

"엄마. 제발 가만히 있어. 도박장 뒤에는 선인들 있는 거 몰라?"

"우리 아들이 그 잘나가는 광명대인데 뭐 어때?"

"아까 봤잖아."

정이준은 한숨을 내쉬었다.

"나 미운털 박혔어. 이제 월급도 못 받아."

그리고는 자리에서 일어나며 말했다.

"그러니까 적당히 놀다 돌아가세요. 이제 아들이 돈도 못 주니까."

그렇게 다음 날.

정이준은 창밖에 떠오르는 아침 해를 보며 어제 한 생각을 정리했다.

'일단 전입은 가야 해.'

광명대의 미친 짓에 어울려 줄 생각은 없다.

뭐든 적당히 하는 것이 좋다.

'도대체 위로 올라가는 게 뭐가 좋다고…….'

몸과 정신을 갈아 가며 올라가 봤자 어차피 정점으로는 갈
수 없다. 왕이 되려면 왕가에서 태어나야 하니까.

또한 설사 정점에 서더라도 평생을 정치적 공세에 시달려
야 하니 그 인생이 행복할 리가 있겠는가?

뭐든 적당히 하자.

'대충 능력이 없다는 걸 보여 주면 쫓아내겠지.'

왜 이서하가 자신을 선택했는지는 모르겠지만 뭐든 대충
대충하는 모습을 보이면 질려서라도 쫓아내지 않을까?

'죽느니 바보가 되는 게 낫지.'

그렇게 결정한 정이준은 가만히 창을 보며 생각했다.

'그런 의미로 한숨 더 자자.'

일단 첫 출근부터 지각할 생각이다.

그렇게 한 시진은 출근이 늦은 정이준은 가래떡 하나를 질
경질경 씹으며 광명대 회의실 문을 열었다.

안에는 내로라하는 선배들이 앉아 있다.

상석에는 최연소 선인 이서하.

바로 오른쪽에는 왕국 제일의 미녀라는 유아린 선배가 앉
아 있고 왼쪽에는 천재 한상혁이 앉아 있다.

또한 신평의 박민주와 주지율 역시 뛰어난 실력자로 이서
하의 미친 짓에 어울려 줄 만한 실력을 갖추고 있었다.

다섯의 시선이 꽂히고 정이준은 미소와 함께 말했다.

"일찍 출근하셨네요? 왜 이렇게 부지런들 하서. 가래떡 드실래요?"

완전 폐급 무사가 될 생각이다.

서하는 그런 그에게 말했다.

"그래, 줘 봐."

"네?"

먹던 걸 그냥 달라고?

서하는 정이준에게 다가가 가래떡을 뺏은 뒤 말했다.

"지금 너무 많이 먹으면 이따 힘들거든. 이건 내가 먹는다. 자자, 오전 수련 하자."

오전 수련?

소대 대부분이 매일 훈련을 한다는 건 알고 있다.

기습을 당하더라도 바로 자신의 역할을 할 수 있도록 미리 호흡을 맞추는 것이다.

하지만 이서하는 훈련이 아니라 수련이라고 말했다.

무사가 된 후로는 알아서 수련하지 않나?

그때 한상혁이 정이준에게 어깨동무를 하며 말했다.

"자자, 가자고. 막내야. 너는 우리랑 같은 조다."

"흐흐흐. 각오하라고."

의미심장하게 웃는 박민주까지.

정이준은 두 사람을 돌아보고는 머리를 긁적였다.

'또 저 두 바보야?'

도대체 이서하가 무슨 생각을 하는지 모르겠다.

◆ ◆ ◆

수련을 위해 남악으로 이동한 나는 친구들을 돌아보며 말했다.

"6명이니까 3명씩 나눌게. 나는 아린이랑 지율이랑, 그리고 우리 막내는 원래 그랬던 것처럼 상혁이랑 민주가 맡아. 너무 괴롭히지 말고."

"근데 수련이라면 뭘 하는 겁니까?"

"그건 두 선배가 잘 알려 줄 거다. 그럼 각자 나뉘어서 하자."

"자자, 가 보자고. 우리 광명대식 수련법을 특별히 알려 주마."

상혁이가 신이 나서 정이준을 데리고 갔다.

하지만 이 수련이 끝난 후에도 신을 내며 산에서 내려올 수 있을까?

그렇게 생각할 때 아린이가 말했다.

"신입을 상혁이랑 민주한테 맡기려고? 한 번 당했으니까 우리가 맡는 게 낫지 않을까?"

"아니, 그 반대야."

나는 상혁이와 민주를 정이준에게 맡긴 것이다.

"너는 상혁이와 민주의 가장 큰 단점이 뭐라고 생각해?"

171

"순진한 거?"

"아니, 그건 완벽한 설명이 아니야. 저 친구들도 사람들을 다 믿지는 않거든. 예를 들어 누가 봐도 악인인 사람은 절대로 믿지 않지. 자기랑 다른 사람이라고 생각하니까. 순진한 사람들은 그런 거짓말도 믿을 거 아니야."

"그러면? 어떻게 설명하는 게 맞는데?"

"저 두 사람은 인간이 다들 자기 같다고 생각해."

상혁이와 민주의 가장 큰 문제점.

인간은 본질적으로 같다고 생각하는 것이다.

쉽게 말하면 모두 나 같으려니 하면서 그들의 말을 해석한다는 것이다.

하지만 이는 오만이다.

인간은 다 다르다. 절대로 나 같은 인간은 있을 수 없지.

"예를 들어 한 사람이 만두를 사 가던 중 배고픔에 굶주려 구걸하는 아이를 보고도 그냥 지나쳤다고 하자. 너라면 그 사람이 왜 아이에게 만두를 주지 않았다고 생각할 거 같아?"

"모르지."

아린이는 딱 잘라 말했다.

"안 주었다는 것보다 그 생각이 중요하지는 않잖아."

"맞아. 안 준 이유는 우리가 알 수 없지. 하지만 상혁이와 민주는 달라. 이렇게 생각할 거야."

나는 미소를 지었다.

"저 사람, 배가 많이 고팠나 보다."

자신들의 경험을 토대로 섣부른 결론을 내리는 것이다.

그러나 저러한 성향은 누가 알려 준다고 해서 바꿀 수 있는 것이 아니다. 그렇기에 저 둘은 많은 거짓에 노출되어야 한다.

아무 이유 없이 거짓말을 하는 사람도 있다는 것을 스스로 깨달을 때까지.

"극상성이니 서로 보고 배우겠지. 우리도 수련이나 하자."

편안하게 수련을 하며 결과나 기다려 보자.

"어허! 느리다! 느려! 우리 할머니가 뛰어도 너보다는 빠르 겠다."

"그런 할머니가 있습니까?"

"있어. 서하 할머니."

박민주의 말에 정이준은 고개를 흔들었다.

이 미친 훈련은 무엇이란 말인가.

최대 속도로 높은 산을 날듯 올라가기만 벌써 일각이 지났다.

'무슨 전속력으로 일각이나 달려. 미친 거 아니야? 무슨 발 정 난 고라니도 아니고⋯⋯.'

성무학관에서도 이런 수련을 해 본 적은 없었다.

그렇게 도착한 산 중턱에는 딱 봐도 무거워 보이는 강철추가 준비되어 있었다.

상혁은 지쳐서 무릎을 잡은 정이준에게 말했다.

"자자, 몸 풀었으니 제대로 운동해 보자고. 너도 검 쓰지?"

"하아, 하아. 뭐, 다 씁니다. 검도 쓰고, 창도 쓰고, 단검도 쓰고."

"무슨 무공이 그러냐?"

"집에서 무공 배우는 걸 별로 안 좋아해서 그냥 마구잡이로 배웠습니다."

"그걸로 성무학관까지 들어갔고?"

정이준은 고개를 끄덕였다.

상인인 정이준의 아버지는 그가 무공을 배우는 것을 좋아하지 않았다.

그의 아버지는 그저 자기 몸 하나 지킬 정도면 충분하다며 정이준을 동네 무학관에 보냈다.

그러나 시골 무학관에서 가르치는 것들은 전부 삼류 무공뿐.

그렇게 정이준은 스스로 돈을 모아 유명 학관의 아이들에게 기본을 배웠고 이를 독자적으로 발전시켰다.

덕분에 좋게 말하면 만능, 나쁘게 말하면 이것도 저것도 다 그저 그런 무사가 되었다.

"그런데 저거 무게가 얼마나 나갑니까?"

"아, 지금 민주가 손목에 차는 건 하나에 30근(18kg) 정도 할 거야."

"아, 30근······."

정이준은 고개를 끄덕이며 생각했다.

'역시 여긴 미친 게 분명해. 빨리 도망쳐야겠어.'

박민주가 양팔과 다리에 쇳덩이를 차는 걸 보고는 슬슬 움직임에 돌입했다.

"저, 잠시 물 좀 마시고 오겠습니다."

"그래, 마시고 바로 와라. 즐거운 수련 시간이니까."

"······."

정이준은 자리를 옮겨 준비해 온 물병을 꺼냈다.

오늘을 위해 미리 준비한 광천수(鑛泉水)다.

정이준은 광천수를 입에 넣은 뒤 눈치를 보다 가슴을 부여잡으며 신음했다.

"윽! 우우우욱!"

그러거나 말거나 민주와 상혁은 콧방귀를 뀌며 말했다.

"야, 우리 안 속아."

"우와 쟤 연기 진짜 잘한다. 그지 상혁아?"

그러나 정이준은 아랑곳하지 않고 쓰러짐과 동시에 굳힌 아카시아 수액을 입에 넣었다.

그리고 그 순간.

정이준의 입에서 거품이 뿜어져 나오기 시작했다.

"꾸에에엑!"

"······!"

175

광천수와 아카시아 수액이 만나 폭발을 일으킨 것이다.

놀란 상혁과 민주를 확인한 정이준은 바로 눈을 뒤집어 깐 뒤 사지를 경련했다.

"야야야, 이거 진짜 같은데?"

"어떡하지? 상혁아!"

"일단 서하! 서하 불러오자."

"알았어. 내가 갔다 올게! 꺄아아악!"

퍽!

양 손목과 발목에 강철환(強鐵環)을 낀 채 급하게 달리던 민주는 균형을 잃고 넘어졌으나 벌떡 일어나 서하를 찾아 달렸다.

정이준은 슬쩍 눈치를 보다 상혁에게 말했다.

"약…… 약이 가방에…….."

"뭐? 가방? 가방은 어딨는데?"

"산 밑……! 산 밑……! 꾸에에엑!"

"알았어. 기다려 봐. 내가 금방 가져올게."

그렇게 상혁까지 산 밑으로 내려가고 정이준은 퉤 하고 아카시아 수액을 뱉은 뒤 근처 돌에 가서 앉았다.

"저 인간들 또 속네."

하긴, 그만큼 신들린 연기였으니 말이다.

'이서하 앞에서 대놓고 연기할 생각이었지만 저 두 바보를 속이는 게 더 쉬우니까.'

원래라면 이서하 앞에서 발작을 일으킨 뒤 쫓겨날 생각이었다.

은밀히 적을 기습하거나 이동을 해야 할 때 이러한 발작을 일으키면 소대 모두가 위험해질 수 있는 만큼 무사에게 발작은 치명적 단점이었다.

'다른 부대도 들어가기 힘들겠지만⋯⋯.'

그래도 성무학관 출신이니 시골 수비대 정도는 들어갈 수 있을 것이다.

'꼬인다. 꼬여.'

완벽했던 인생 계획이 전부 꼬이고 있다.

원래라면 수도 수비대에 들어가 나름 월급도 잘 받고 대접도 받으면서 살다가 은퇴하려고 했는데 말이다.

이윽고 저 멀리서 이서하와 함께 광명대원들이 올라오는 것이 보였다.

가장 앞에는 민주 선배가 서 있다.

"빨리! 이준이 죽어!"

저 박민주라는 선배는 도대체 30근짜리 4개를 달고 어떻게 저렇게 뛰는 거지?

도통 모르겠다. 고작 한 살 차이 나는 선배인데 말이다.

무슨 초인들만 있는 소대인가? 여기.

그렇게 가장 먼저 도착한 박민주는 앉아 있는 정이준을 보고는 허둥지둥 달려와 말했다.

"괜찮아? 어디가 아픈 거야? 응? 지금은 어때?"

"괜찮습니다. 오늘 약을 먹는 걸 깜빡해서……."

"흐음. 발작을 일으켰다고?"

박민주와 함께 온 대장, 이서하는 희미한 미소와 함께 정이준의 앞으로 다가갔다.

그의 뒤로는 유아린이 굳은 얼굴로 서 있고 주지율 또한 별 관심이 없는 듯 보였다.

'그래, 관심 없어라. 제발.'

정이준은 침을 삼킨 뒤 말했다.

"죄송합니다. 숨기려고 한 건 아닌데……."

"내가 한번 살펴봐도 될까?"

"물론입니다."

이서하가 약선의 제자라는 걸 모르는 건 아니다. 하지만 아직 이 세상에는 원인 모를 병도 많지 않은가. 정 추궁하면 그냥 신병(神病)이라고 해 버리면 된다.

"흐음."

맥을 짚던 이서하는 미간을 찌푸렸다.

아무 이상 없겠지.

한평생은 감기 없이 살아온 정이준이다. 맥을 짚어 봤자 지극히 정상으로…….

"큰일이군."

"네?"

정이준의 반문에 이서하는 한숨을 내쉬며 말했다.

"이건 궤애병(潰愛病)이라고 해."

그러자 박민주가 놀라 되물었다.

"꾀병이라고?"

"아니, 궤애병(潰愛病)."

정이준은 진지하게 말하는 이서하를 바라봤다.

이게 뭔 개소리야?

"사랑하는 사람에게 차이는 것처럼 가슴이 무너지는 그런 전조 증상을 보이는 병이지. 가슴을 부여잡고 쓰러졌다고 했지? 그래서 그런 거야."

"아하! 그래서 그랬구나!"

'아하!'는 무슨.

그딴 병이 있을 리가 없지 않은가.

정이준은 침을 삼키며 말했다.

"하하하, 저는 신병(神病)이라고 알고 있는데요."

"아니야. 궤애병(潰愛病)이야."

"아니, 진짜로……."

"나 약선님 제자야. 의술은 내가 너보다 잘 안다. 그리고 치료 방법도 알지."

"아……."

정이준은 마른침을 삼켰다.

"치료법은 대침(大針)으로 심장으로 가는 혈을 풀어 줘야 한다."

이서하는 허리춤에서 침구(針具)를 꺼냈다.

손바닥만 한 대침을 뽑은 이서하는 진지한 얼굴로 말했다.

"이 침으로 사지의 혈을 풀어 주고 그런 뒤 백회혈(百會穴)까지 풀어 주면 다시는 이 증상이 나타나지 않을 것이야."

"백회혈(百會穴)이라면…… 정수리 아닙니까?"

"정수리지. 걱정하지 마. 나 침 잘 놔."

"저 이제 괜찮은 거 같습니다."

"아니야. 나를 믿어. 내가 너를 꼭 낫게 해 주마."

그렇게 정이준의 손을 힘으로 잡아당긴 서하는 고개를 끄덕이며 말했다.

"움직이지 마라. 잘못 놓으면 불구 돼. 진짜 불구가 되긴 싫잖아. 안 그래?"

아…….

꾀병인 걸 들켰구나.

그렇게 정이준이 체념한 듯 눈을 감는 순간 대침이 그의 손을 관통했다.

"끄아아아아아악!"

그날 남악은 정이준의 비명으로 가득했다.

◆ ◈ ◆

정이준의 어머니, 이상은은 생각에 빠져 있었다.

'월급을 못 받는다고?'

그러니까 아들이 준 100냥이 월급을 가불받은 것이었고 그걸 자신이 다 탕진했다는 뜻인가?

여관에 홀로 앉아 있던 그녀는 아들이 고향으로 돌아가라며 준 5냥을 꺼내 보았다.

대충 말을 빌려 고향으로 돌아가기에는 충분한 돈이었다.

하지만 이대로는 돌아갈 수 없었다.

"그러니까 회전판만 안 하면 되는 거 아니야?"

본전은 찾고 가야만 한다.

어차피 도박이라는 게 잃으면 따고, 따면 또 잃는 그런 것이 아니던가.

적어도 이상은은 그렇게 생각했고 침대에서 일어난 뒤 화장을 시작했다.

"딱 본전만 다시 찾아서 가자고! 딱 본전 찾고 일어날 거야! 아들, 기다려."

그렇게 혼자 중얼거리던 그녀는 유흥업소가 몰려 있는 거리로 향했다.

다시 찾은 도박장.

젊은 남자들이 그녀를 알아보고는 환영하며 다가왔다.

"오, 누님! 오늘 또 오셨네요."

"그럼, 내가 잃고 가야겠어?"

새침하게 말한 그녀는 수도에 올 때마다 같이 놀았던 청년에게 말했다.

"야야야, 저거 회전판 말고 할 만한 거 없어?"

"회전판이 왜요? 저거 따면 바로 36배 받을 수 있잖아요."

"우리 아들이 그러는데 저거 사기래. 다른 거 할 거야. 실력으로 겨루는 거. 그런 거 없어?"

"쓰읍."

청년은 고민하고는 말했다.

"저기 투전(鬪牋)은 어떻습니까? 저게 심리적인 요소도 있고 패 나누는 사람만 정해지고 노는 사람은 따로라서 사기도 안 당해요."

"그래?"

"제가 잘 알려 드릴게요. 여기로 오세요. 어서, 어서."

청년의 손에 이끌려 간 이상은은 자리에 앉았다.

몇 판 관람하며 투전(鬪牋)의 족보를 파악한 이상은은 바로 참가했다.

"근데 나 다섯 냥밖에 없는데?"

"그럼 일단 가볍게 하시죠."

"그럴까?"

그리고 첫판부터 이상은의 손에 장땡이 들어왔다.

"흐음."

이상은은 표정 관리를 하며 다섯 냥을 걸었다.

"그럼 일단 다 걸래. 몰라. 잃으면 그냥 내려가지 뭐."

"에이, 그렇게 하는 게 아닌데. 그럼 제가 받아 드리죠. 뭔데요?"

"장땡이다! 이놈아!"

깔깔거리는 이상은.

청년은 웃으면서 고개를 절레절레 흔들었다.

"와, 그럼 왜 다섯 냥만 걸었어요?"

"그거밖에 없으니까."

"빌릴 수 있어요."

청년은 바로 뒤에 죽간을 들고 서 있는 남자를 가리키며 말했다.

"좋은 거 나오면 빌려서 왕창 걸 수도 있어요."

"그러다가 잃으면?"

"에이, 장땡이 어떻게 집니까? 누님. 이럴 때 빌려서 걸고, 안 받으면 뭐 그래도 따는 거고."

"호오."

이상은은 고개를 끄덕였다.

"이거 재밌네."

청년은 미소와 함께 말했다.

"그렇다니까요. 도박장의 꽃이죠."

그리고 그로부터 약 두 시진 후.

이상은은 하얗게 질린 얼굴로 말했다.

"이, 오백 냥 걸게."

"누님, 괜찮겠어요?"

"괜찮다고! 이번에는 무조건 이겨. 내 앞으로 달아."

"네, 그럼 이걸로 1,000냥입니다."

장땡을 든 그녀는 벌벌 떨며 상대가 받기만을 기다렸다.

앞의 남자는 미소와 함께 고개를 끄덕였다.

"에이, 좋은 거 나오셨나 보네. 빚도 많으시니까 그거 까라고 내가 받아 드리죠."

남자가 500냥을 판에 던지는 순간 이상은이 벌떡 일어나며 말했다.

"장땡이야. 꺄야! 내가 이겼어."

"아이고, 이거 어쩌나. 난 38광땡인데."

"응?"

이상은은 어벙한 얼굴로 청년을 바라봤다.

청년은 미소를 지으며 말했다.

"아이고 또 지셨네요. 괜찮습니다. 1,000냥 또 빌리셔서 이기면 되죠. 누님 돈 많으시잖아요."

"그게……."

이상은은 침을 삼켰다.

"그, 그렇지? 더 빌려주지?"

투전은 가장 돈을 잘 버는 놀이다.

물론 도박장이 말이다.

Chapter 71.

광명대의 일정은 이렇다.

오전 수련이 끝나면 오후에는 지리 공부를 시작한다. 지리는 전투에 있어서 가장 중요한 요소 중 하나이니 모두가 주요 거점을 완벽하게 이해해야만 한다.

"알았냐? 이거 시험도 보니까 우리 막내도 열심히 해라."

정이준은 꾸벅꾸벅 졸고 있었다.

그럴 수밖에.

괜히 꾀병을 부려서 침이나 맞고, 또 수련은 수련대로 전부 했으니 말이다.

아마 넋이 나갔겠지.

나는 그런 그에게 붓을 던졌다.

딱! 하는 소리와 함께 붓 끄트머리에 맞은 정이준은 화들짝 놀라며 일어났다.

"허억! 하급 무사 정이준!"

"알아. 앉아. 막내야, 이거 시험 본다."

"무사가 시험도 봅니까?"

"그럼. 무사는 영원히 배워야 하는 거야."

"하아······."

정이준은 한숨과 함께 자리에 앉았다.

"아, 그리고 약 먹어라. 너 저 약 한 시진에 열 알씩 먹어야 해. 물 없이. 알지?"

"······네."

정이준은 고개를 절레절레 흔들었다.

알고 보니 저 자식 꾀병 준비를 꽤 많이 해 왔다.

뒤늦게 상혁이 들고 온 정이준의 가방에는 밀가루를 뭉친 환약이 들어 있었다.

난 그걸 그에게 먹이며 말해 주었다.

"이것만 먹어도 배부르겠다. 인마."

"저기 다 아시죠?"

"뭘? 밀가루가 원래 궤애병의 특효약이야. 꼭꼭 씹어 먹어라."

그렇게 정이준은 밀가루 환약을 10개씩 매 한 시진마다 먹게 된 것이다.

물론 이미 친구들에게는 그에게 병이 없다는 걸 다 알려 주었다.

상혁이와 민주의 반응은 사뭇 달랐다.

"크크크, 그래서 침을 놓았다고? 그것도 그 아픈 혈에? 완전 쌤통이다. 저 자식."

상혁이가 낄낄거리며 웃었고 민주는 불쾌한 듯이 정이준을 노려보고 있었다.

"아무리 그래도 그렇게까지 해야 해? 진짜 걱정했는데."

넘어지면서도 나를 부르러 온 민주였으니 말이다.

그렇게 오후에 지리 수업이 끝나면 서로 대련을 하며 무공 수련을 한다.

보통은 주지율과 내가 한 조를 이루고 아린이와 상혁이가 한 조를 이룬다.

민주는 대련이 필요 없으니 말이다.

하지만 이번에는 아린이가 정이준을 맡았다.

아린이를 보고 부끄러워하는 것도 잠시.

정이준은 사색이 되어 날아갔다.

"꾸엑!"

아린이의 주먹에 맞아 날아가는 우리 막내.

"다시!"

"저기, 조금만 살살."

"피할 거면 피하고 막을 거면 막아. 무서워서 뒷걸음질 치며 막으면 반격 기회가 나도 공격을 할 수 없어. 팔만 아프지.
안 그래?"

"아니, 그냥 너무 빨라서 막을 수가 없는 건데요."

"그럼 간다. 이번에는 오른쪽만 주시해."

"그러니까 선배 오른쪽인지 제 오른쪽인지를 말해 줘야……!"

정이준이 다시 얻어맞는 걸 보며 나는 고개를 끄덕였다.

"흐음. 역시 아린이가 잘 가르쳐."

그렇게 정이준의 첫날 일정이 끝났다.

친구들이 모두 땀을 씻으러 떠나고 나는 연무장에 누워 하
늘을 보는 정이준에게 다가가 물을 건넸다.

"첫날인데 어때?"

"……죽을 거 같습니다. 신고식입니까?"

"아니, 임무 없는 날은 매일 이래. 아, 수업은 좀 달라진다.
내일은 전술 수업."

정이준은 한숨을 쉬고는 말했다.

"저기 대장님. 저 대장님과 면담 좀 하고 싶습니다."

"그래? 안 그래도 나도 너랑 대화 좀 하고 싶었어. 일단 씻고
저녁이나 같이 먹자. 대충 성무학관 앞에 국밥집으로 와라."

"알겠습니다."

약 한 식경 후 정이준은 머리를 말리며 걸어와 내 앞에 앉
았다.

머릿속이 복잡할 것이다.

"여기 국밥밖에 안 팔아서 미리 시켜 놓았다."

"아, 네. 감사합니다."

그리고는 지친 얼굴로 입을 열었다.

"근데 저 꾀병인 거 다 알고 계시죠?"

"물론이지."

"그럼 침은 왜 놓으신 겁니까?"

"꾀병 부리지 말라고."

"더럽게 아프던데 신종 고문법 그런 겁니까?"

"기혈 열어 주는 거야. 나쁘지 않아. 그나저나, 너는 왜 꾀
병을 부린 거야? 그렇게 우리 부대에 있기 싫어?"

내 말에 정이준은 슬픈 표정을 지었다.

"이렇게 된 거 사실대로 말하죠. 저는 오래 살아야 합니다.
저희 부모님이 저한테 투자한 것만 해도 2,000냥이 넘습니
다. 저 빚져서 성무학관 다녔어요. 그러니까 최대한 오래 살
아남아 벌어야 합니다. 만약 제가 원정 나가 죽기라도 하면
저희 부모님은…… . 크흑."

"너희 아빠 부자인 거 알아. 자, 다시 물을게. 왜 꾀병을 부
리면서까지 나가려는 거야?"

"……."

훌쩍이던 정이준은 표정을 싹 굳힌 뒤 말했다.

"어디까지 알고 계시죠?"

"다. 너희 아버지, 형, 그리고 어머니까지 다."

표정만 보고는 정이준이 하는 말이 거짓인지 진실인지 결코 알 수 없다.

나름 사람을 잘 파악한다고 자부하는 나지만 이놈의 사기꾼들은 타고난 배우란 말이지.

아마 정이준이 갈리아 제국에서 태어났으면 유명한 극장에서 주연 배우를 하고 있을지도 모른다.

그렇기에 나는 그에 관한 신상 조사를 미리 마친 상황이었다.

"너희 아빠 상단 운영하시잖아. 돈도 많고. 뭐, 땅은 없지만 한 도시의 상권을 꽉 휘어잡고 있으니 웬만한 가문보다 돈은 많겠지."

"저한테 관심이 많으셨나 보네요."

"물론이지."

"왜요? 제 실력 보셨잖아요. 연무장에서 보여 드린 실력 그건 사기 아닙니다. 진짜 얻어맞은 거예요. 저 진짜 죽는 줄 알았습니다."

"뭐, 무공이야 수련하면 되지 않겠어? 다들 그렇게 시작하는 거야. 걱정하지 마. 우리가 지켜 줄 수 있으니까."

정이준은 눈을 감고 생각에 잠겼다.

머리 굴리는 소리가 여기까지 들린다.

"그럼 진짜 솔직하게 말할게요. 저 죽기 싫어요. 광명대를 보면 죽고 싶어서 안달 난 부대 같습니다. 그리고 저희 엄마는 제가 필요해요. 돈이나 이런 문제가 아니라 제가 없으면 엄마 챙길 사람이 없어요. 그러니까 그냥 조용히 살게 전입허가 좀 부탁합니다."

"싫어."

"아! 왜요! 진짜 솔직하게 말했는데!"

"네가 필요하니까. 너도 봤겠지만 지율이랑 아린이는 원칙주의자야. 욕심도, 동정심도 없어서 너 같은 사기꾼에게 당하지는 않겠지만 반대로 상대를 속일 줄도 몰라. 그리고 상혁이랑 민주는……."

"아, 그 바보 선배들."

"응. 착한 바보들이야. 의리도 실력도 있어서 믿을 수 있지만 야전사령관. 그걸로 끝이지."

마침 음식이 나오고 나는 국밥을 가리키며 말했다.

"광명대는 그냥 고기만 잔뜩 들은 국밥 같다고나 할까? 그럼 맛없잖아. 간도 들어가고, 허파도 들어가고, 귀도 들어가고 그래야 맛있지. 네가 그거야. 우리 광명대의 맛을 내 주는 사람."

"저 말고도 약아 빠진 사람들은 많습니다. 다른 사람 찾으세요."

"너한테도 좋은 기회 아니야? 수련해서 강해지고 공을 세워서 더 높이 올라가서 나쁠 건 없잖아."

"나쁠 게 왜 없습니까?"

정이준은 한숨을 내쉬며 말을 이어 갔다.

"높이 올라가면 해야 할 일이 늘어나고 책임감도 늘어납니다. 실수 한 번으로 목이 날아가 버리기도 해요. 그게 인생입니까? 이왕 안전한 나라에서 태어난 거 평범하게 사는 게 제 인생 목표입니다. 도와주시죠."

"평범하게 살다가 평범하지 않은 위기가 오면 어쩔 건데?"

"그런 거 안 오게끔 최대한 안전하게 살 겁니다. 평범하고 안전하게, 귀찮은 일 없이. 그게 제 좌우명이거든요."

"그래?"

하긴, 지금 왕국은 평화로워 보일 것이다.

신유철 국왕 전하의 치세 아래 4대 가문을 포함한 모든 유력 가문들은 고개를 숙이며 하나로 뭉쳤다.

그러나 뒤에서는 일반 백성들이 모르는 권력 다툼이 지속되었고 이제 곧 폭발할 예정이었다.

"곧 일이 터지긴 할 텐데. 그때는 어떻게 하려고?"

"압니다. 국왕 전하가 오늘내일하시고 왕자님들끼리 알력 다툼 벌이시는 거. 하지만 남부 지역이나 성도로 가면 누가 권력을 잡든 상관없지 않습니까?"

"그거 말고."

"뭐가 더 있습니까?"

"더 있긴 하지."

나찰 전쟁.

전국이 불타오르고 정이준이 역사에 모습을 드러내는 시

기였다.

그리고 회귀 전, 정이준은 준비가 되어 있지 않았다.

비상한 사기 능력으로 나름 활약은 하지만 결국 속임수가 통하지 않는 압도적인 무력 앞에 죽는다.

"위기가 오기 전에 최대한 준비해라. 그래야 소중한 걸 안 잃어."

"……그냥 전입 허가해 주세요. 부탁합니다."

"생각해 보고."

그렇게 어색한 저녁 식사가 끝났다.

서하와의 저녁 식사 후.

숙소로 돌아온 정이준은 한숨을 내쉬었다.

'이거 안 되겠는데.'

무슨 수를 써야 한다.

이미 신상 정보가 다 털린 이상 가족들로 사기를 치는 건 불가능하다.

'작전을 세워 보자. 조급해하지 말자고. 설마 1년도 안 돼서 죽기야 하겠어?'

이왕 이렇게 된 거 최대한 치밀하게 준비해서 아무 문제 없이 전입을 갈 생각이었다.

그때였다.

누군가가 그의 방문을 두드렸다.

선배들이라도 왔나 하는 생각에 밖으로 나간 정이준은 문 앞의 나무 상자 하나를 발견하고는 고개를 갸웃했다.

"뭐야?"

그리고 상자를 열어 본 그는 놀란 얼굴로 주변을 살폈다.

안에는 어머니가 입고 있었던 치맛자락과 투전(鬪牋)패, 그리고 편지가 들어 있었다.

-어머니를 살리고 싶으면 5,000냥의 어음을 가지고 와라. 꼭 혼자 와야 한다.

그 순간 오늘 저녁에 이서하 대장이 했던 말이 떠올랐다.

- 위기가 오기 전에 최대한 준비해라. 그래야 소중한 걸 안 잃어.

그 위기가 이렇게 빨리 찾아올 줄은 몰랐다.

유흥가 구석의 한 창고.

이상은은 의자에 포박되어 눈치를 보고 있었다.

살벌하게 생긴 무사와 눈이 마주친 그녀는 바로 시선을 아래로 내리며 생각했다.

'어쩌다 이렇게 된 거지?'

1,000냥을 잃었을 때는 다시 1,000냥을 걸어 본전만 딸 생각이었다.

그렇게 2,000냥을 잃었을 때는 다시 2,000냥을 걸어 본전을 따면 된다고 생각했다.

그러나 대출은 5,000냥에서 멈췄다.

"여기가 상한선이라서 말입니다. 그럼 어음 발행 좀 해 주실래요?"

"뭐? 그런 말 없었잖아."

"에이, 누님. 갚을 수 있을 만큼만 빌려주는 게 여기 철칙입니다."

"벌써 5,000냥이라고?"

"장부 볼래요?"

장부에 적힌 숫자는 거짓말을 하지 않았다.

이상은은 긴장한 얼굴로 청년에게 애원했다.

"딱 한 번만 더 하자. 딱 한 판만."

"다 좋은데. 단순 계산으로 5,000냥을 따려면 5,000냥을 걸어야 하잖아요. 만약 또 지면 만 냥인데 갚을 수 있어요?"

"······."

이상은이 대답하지 못하자 청년이 말했다.

"야, 어음 받아라."

"네, 형님."

"형님?"

"말씀 안 드렸구나."

청년은 미소와 함께 말했다.

"제가 여기 관리인입니다. 그럼 어음 발행하러 객주로 가실까요?"

이상은은 배신감 가득한 눈으로 청년을 바라보다 말했다.

"저, 저기……."

"네? 이제 와서 못 갚는다는 그런 말……."

"나 어음 발행 못 해. 그럴 권한이 없어."

"남편분이 신목상단 상단주 아닙니까? 근데 안주인이 어음 발행을 못 해요?"

이상은은 고개를 숙였다.

"나 상단 소속 아니야."

"아……."

청년은 머리를 긁적이더니 말했다.

"그럼 아들한테 받아야겠네. 얘들아, 이 아줌마 끌고 가."

이제는 누님이라고도 부르지 않는 청년이었다.

그렇게 끌려온 창고.

20명이 넘는 무사들이 창고 안에 있었고 이상은은 초조하게 아들을 기다렸다.

그리고 한참 뒤 소란스러운 소리와 함께 문이 열리며 누군가가 안으로 들어왔다.

나풀거리는 외투와 허리춤에 찬 검.

남자가 나타나자 관리인 청년이 앞으로 나가며 말했다.

"네가 정이준이냐?"

"그렇다. 그런데 이거 분위기가……."

걸걸한 목소리.

이상은은 자신을 구하기 위해 나타난 남자를 향해 외쳤다.

"아들……!"

이윽고 그녀의 시야에 들어온 남자는 더벅머리에 수염이 난 중년의 남성이었다.

중년?

이상은은 고개를 갸웃하며 말했다.

"누구?"

생판 처음 보는 사람이 나타났다.

숙소에서 이것저것 챙겨 온 정이준은 약속 장소에 도착해 한숨을 내쉬었다.

창고 앞에는 무사 둘이 딱 막고 서 있었으며 그 안에는 더 많은 호위 무사들이 있을 터였다.

화려하게 등장해 전부 쓸어버리고 어머니를 구출할 수 있으면 좋겠지만 정이준에게는 그 정도의 실력이 없었다.

아무리 높게 쳐줘도 본인의 실력은 중급 무사 정도였으니 말이다.

'그렇다고 어음을 줄 수도 없고.'

아버지는 한 냥의 돈도 허투루 쓰는 법이 없는 사람이다.

5,000냥이라는 돈을 헌납한다면 아버지는 결코 가만히 있지 않을 것이었다.

'어떻게든 해 봐야지.'

정확한 시간은 편지에 적혀 있지 않았다.

한마디로 오늘 밤 안에만 가면 된다는 소리다.

그렇다고 하더라도 고민할 시간이 많지는 않았기에 정이준은 단순하고 확실한 방법을 궁리했다.

'일단 도와줄 사람이 필요하다.'

사기(詐欺)의 가장 기본은 시선을 돌리는 것이다.

작은 사기도 그렇고 큰 사기도 그렇다.

일단 상대의 시선만 핵심에서 돌릴 수 있다면 그걸로 반은 성공이나 다름없다.

정이준은 도박장 근처에서 잠을 자고 있는 한 남자를 향해 다가갔다.

"저기. 아저씨."

정이준과 비슷한 머리를 가진 남자는 눈을 게슴츠레하게 뜨고 그를 올려 보았다.

"뭡니까?"

"나랑 일 하나만 같이 합시다. 10냥 드릴게."

"10냥씩이나?"

도박장 근처에서 자는 노숙자들은 대부분 도박 중독자들이다.

10냥 정도면 한 번 더 놀 수 있는 돈이니 솔깃할 수밖에.

"무슨 일인데 그러시나?"

"제가 오늘 연회에 초대받았습니다. 근데 이게 가기 좀 그래요. 막 여자들이랑 뒹굴고 그래야 해서 별로 가기가 싫어. 그래서 그쪽이 내 호패 가지고 가서 대신 즐기다 오는 건 어떻습니까?"

"에이, 고작 그런 일에 10냥이나 준다고?"

"고작이라니? 나한테는 중요한 일입니다. 높으신 분들이 주최하는 거라 안 가면 찍히고, 가면 내 마누라한테 찍히고. 아우, 선택지가 없어. 선택지가. 게다가 오늘이 내 결혼기념일입니다. 저녁 일정 싹 잡아 놨는데 갑자기 초대해서. 쯧쯧. 어차피 그쪽은 내 얼굴 모르니까 연기만 잘하면 됩니다. 할 겁니까, 말 겁니까?"

정이준이 돈을 꺼내 보이자 남자는 침을 삼키며 말했다.

"그래, 뭐 놀다만 오면 되지?"

"그럼. 여기 호패랑 옷. 그리고 가기 전에 좀 씻고 가요. 알 았습니까?"

"물론이지."

"이건 선금으로 2냥. 일 제대로 하면 바로 8냥 주겠습니다."

"선금이 너무 적지 않아?"

"당신이 안 가면 내가 좆되는데 선금을 많이 주겠습니까? 걱정하지 마세요."

정이준은 나머지 8냥을 흔들어 보이며 말했다.

"질펀하게 놀고 나면 이거 더 줄 테니까."

"하하하, 그래. 나쁜 일도 아닌데. 그렇게 하지."

남자는 신이 나서 고개를 끄덕였다.

그 이후 정이준은 바로 창고로 향했다.

거대한 창고 안에서 궐련(卷煙)을 피우는 무사들이 수시로 밖으로 나왔다.

숨을 죽이고 단 한 명이 나오기를 기다리던 정이준은 기회 를 포착하고 바로 습격했다.

"켁!"

거의 모든 종류의 무공에 발을 담그고 있는 그였기에 은신 과 기습 또한 그럴듯하게 할 줄 알았다.

소리도 없이 무사 하나를 제압한 정이준은 재빨리 창고 뒤 로 끌고 가 옷을 갈아입고 창고 안으로 들어갔다.

창고 한가운데에는 어머니가 포박당한 채 앉아 있었다. 정이준은 숨을 죽이고는 복면을 올려 쓰면서 빈자리에 가서 섰다.

'제발 말 걸지 마라. 제발.'

무사들이 다들 다른 곳에서 고용된 사람이기를 바란다.

그렇게 두근거리는 심장을 잠재우던 정이준은 순간 짜증이 나 생각했다.

'요즘 급조된 사기를 많이 치네.'

원래 사기란 충분한 사전 조사와 완벽한 계획으로 이루어지는 예술인데 말이다.

어찌 됐든 다행히도 무사들끼리 잡담하는 그런 분위기는 아니었다.

이윽고 노숙자가 창고 안으로 들어왔다.

"네가 정이준이냐?"

"그렇다."

노숙자는 당황한 얼굴로 주변을 돌아봤다.

그리고 그 순간 이상은이 외쳤다.

"아들!"

그렇게 몸부림치며 노숙자의 얼굴을 확인한 이상은은 고개를 갸웃하며 말했다.

"누구……?"

기회는 지금뿐이다.

정이준은 모두의 시선이 노숙자에게 쏠린 그 순간을 노려 어머니에게 달려갔다.

"가만히 있어, 엄마."

"아들?"

정이준은 준비해 온 단검으로 포박을 푼 뒤 어머니를 데리고 일어났다.

그리고 그 순간 정이준의 기행에 반응한 무사들이 외쳤다.

"저 자식이 진짜다!"

무사들은 빠르게 정이준과 이상은을 에워쌌고 정이준은 두 번째 무기를 꺼내 들었다.

"소리가 클 거야. 놀라지 마."

어머니가 대답도 하기 전에 정이준은 주머니에서 꺼낸 연막탄을 바닥에 내려쳤다.

흑무탄(黑霧彈)이라고 불리는 물건으로 원래는 암부에서 개발하고 사용하는 물건이었다.

정이준은 이 흑무탄을 아버지의 상단에서 발견한 뒤 성능을 보고는 만약을 대비해 몇 개 갖춰 두었다.

사기란 철저한 준비가 필요한 작업이니 혹시 일이 잘못될 경우도 생각해야만 했으니 말이다.

이윽고 검은 연기가 사방으로 뿜어져 나오기 시작했고 무사들이 날뛰기 시작했다.

"뭐야? 뭐야?"

"입구를 막아!"

흑무탄을 처음 경험해 보는 사람이라면 정체불명의 검은

연기에 겁을 먹을 수밖에 없다.

정이준은 시야가 가려진 틈을 타 움직였다.

"이쪽으로!"

정이준이 향한 곳은 창고의 외벽이었다.

이 창고는 크기만 컸지 나무로 지어진 건물이었다.

무사인 정이준이 마음만 먹는다면 벽을 부수고 나가는 건 일도 아니었다.

'저 바보들은 입구만 지키겠지.'

벽으로는 나갈 수 없다는 단순한 사고방식에 따라서 말이다.

'탈출이다.'

그렇게 벽을 있는 힘껏 발로 차려는 순간.

누군가가 정이준의 뒷덜미를 잡아끌었다.

"장난질을 잘 치네. 너희 엄마는 아주 솔직한데. 응?"

도박장 관리인이었다.

정이준은 어느새 창고 천장으로 올라간 연막을 올려 보았다.

기를 발산해 모든 연막을 천장으로 몰아넣은 것이다.

'이 정도 기를 내려면……'

최소 선인급은 되어야 한다.

관리인 청년은 미소와 함께 말했다.

"왜? 고수가 없을 줄 알았어? 도박장 같은 걸 관리하려면 웬만한 손님보다는 강해야지. 안 그렇겠냐?"

정이준은 거친 숨을 내쉬며 주변을 돌아봤다.

노숙자는 구석에 끌려가 밟히고 있었다.

도와줄 사람은 없다.

마지막으로 단검을 휘둘러 보았으나 도박장 관리인은 손쉽게 피한 뒤 정이준의 손목을 꺾었다.

"으아아악!"

"꺄악! 아들!"

"닥쳐, 아줌마."

관리인은 살기등등하게 노려보고는 정이준의 머리를 잡아 끌었다.

"자자, 여기 앉아. 착하지?"

정이준을 강제로 무릎 꿇린 관리인은 여유롭게 의자에 가 앉았다.

"몸의 대화는 여기까지면 된 거 같네. 그럼 어음 내놔. 실패할 때를 대비해서 어음 정도는 준비해 왔겠지. 안 그래?"

"이 시간에 어음 발행을 어떻게 합니까? 참."

"에이, 왜 그러시나? 우리 도박장 옆에 있는 객주는 불철주야 영업하거든. 거기 가서 발급받아 왔어야지. 진짜 안 받아 왔어?"

당연히 안 받아 왔다.

반드시 계획이 성공할 거라는 그런 자신감에 어음을 발행하지 않은 건 아니다.

'여기서 어음을 주면 다 끝이다.'

최대한 시간을 끌며 한 번의 기회를 더 잡아야만 했다.

'원하는 것을 얻기 전까지는 우릴 어떻게 할 수 없을 거야.'

그렇게 생각하는 순간이었다.

"난 장난치는 놈들을 가장 싫어해."

관리인이 뚜벅뚜벅 걸어와 정이준의 뺨을 후려쳤다.

짝! 하는 소리와 함께 귀가 터지는 듯한 소리가 들려왔다. 머리가 흔들렸는지 시야마저 빙글빙글 돈다.

'어?'

이윽고 무차별적인 폭행이 시작되었다. 사정없는 폭행에 정이준이 축 늘어지고 나서야 관리인은 다시 의자에 가 앉았다.

"아들! 어머, 이거 어떡해. 아들!"

날아가는 의식을 부여잡고 있던 정이준의 귀에 어머니의 우는 소리가 들려왔다.

짜증이 난 정이준은 겨우겨우 몸을 일으키며 말했다.

"내가, 내가 내려가라고 했잖아. 도대체 무슨 짓을 하는 거야? 도대체 왜! 왜 병신같이 그러고 살아! 왜!"

정이준의 말에 어머니는 미안한 듯 말했다.

"첫 월급은 받게 해 주고 싶었어."

"뭐?"

"네 돈 갚아 주려고 했는데…….."

"하, 씨발."

고작 그런 이유였나?

그렇게 생각할 때 관리인이 말했다.

"우리가 말이야. 아무래도 상단주님이랑 직접 얘기해야겠다. 경고의 의미로 이 친구 손목이나 잘라 보내자."

손목을 자른다는 말에 정이준은 허탈하게 웃었다.

"그래도 퇴출은 되겠네."

손목이 날아가면 광명대에 붙어 있을 수도 없을 테니 차라리 잘된 일인가?

그렇게 스스로도 어이없는 생각을 할 때였다.

"그러지 말고 나랑 얘기하자."

창고 입구에서 누군가의 목소리가 들려왔다.

창고 안에 있던 모두의 시선이 백의를 입은 남자에게 꽂혔다.

남자는 굳은 얼굴로 만신창이가 된 정이준을 바라보다 말했다.

"우리 귀여운 막내를 곰보로 만들어 놨네."

"넌 또 뭐야?"

"나?"

남자는 비릿하게 웃으며 말했다.

"광명대장 이서하."

"이서하……!"

이서하라는 이름에 무사들이 겁에 질리는 것을 본 정이준은 생각했다.

저 사람이 내 대장이라 다행이라고 말이다.

◆ ◈ ◆

창고 안으로 들어가자 놀란 정이준이 존경심 가득한 눈으로 나를 바라봤다.

자식, 처음부터 그럴 것이지.

정이준이 이 창고에 있다는 것은 전가은에게 전해 들어 알 수 있었다.

쉽게 포기하지 않는 놈인 만큼 또 다른 사기를 준비하고 있을 것이 분명했기에 전가은에게 그를 감시해 달라고 부탁해 놓았었다.

이런 상황이 펼쳐질 줄은 몰랐지만 말이다.

어쨌든 잘됐다.

왜 평범하게만 살아서는 안 되는지, 왜 사람들은 위로 올라가고 싶어 하는지를 알려 줄 좋은 기회가 될 것만 같다.

"막내야. 어머니 데리고 이쪽으로 와라."

"네, 대장……."

정이준이 일어나려는 순간 의자에 앉아 있던 남자가 그의 목을 잡아 바닥에 내리꽂았다.

"……."

이미 온몸이 만신창이가 된 정이준은 저항 한 번 하지 못하고 얼굴로 바닥을 쓸었다.

"그렇게는 안 되지. 이쪽이 우리한테 빚진 게 있어서 이렇게는 못 보내 주거든. 그런데 광명대가 여긴 어쩐 일로?"

"우리 막내라고 말한 거 못 들었냐?"

"우리 막내면 이 친구가 광명대 소속이라는 건가?"

"그럼 내 친동생이겠냐? 말귀를 못 알아들어."

"좋네."

남자는 낄낄거리며 웃었다.

웃을 때가 아닐 텐데 말이다.

광명대원인 것을 모를 때야 그렇다 치더라도 알면서도 저러는 건 선전 포고라고 볼 수 있었다.

어쨌든 남자는 자신이 처한 상황도 모른 채 자신만만하게 말했다.

"그럼 네가 좀 갚아라. 너희 막내가 우리한테 5,000냥을 빚졌거든."

정이준이 아니라 그의 모친이 빚진 것이지만 그런 사소한 걸 따질 필요는 없다.

"사기 쳐서 번 돈 아닌가? 뭐가 그렇게 당당해?"

"사기라니? 이 아줌마가 운이 나빴던 것뿐이야."

그러자 정이준이 버럭 소리를 질렀다.

"회전판도 사기잖아! 뒤에서 멈추는 거 모를 줄 알아?"

"증거 있냐? 증거 없으면 닥치고 있어."

관리인은 더욱 강하게 정이준의 목을 짓누르며 말했다.

"그래서 갚아 줄 거야 말 거야? 청신의 이서하는 돈이 어마

어마하게 많다고 들었는데. 어차피 5,000냥쯤은 너한테 엿값
이나 다름없잖아. 그냥 툭 던져 주고 둘 다 데리고 가."

확실히 저 남자의 말대로 나에게 5,000냥은 엿값이나 다름
없다.

하지만 아무리 푼돈이라도 주고 싶지 않은 사람이 있기 마
련이다.

부자는 한 푼도 중요하게 생각해야 한다고 하지 않던가? 아
무리 돈이 많다고 하더라도 아무한테나 줄 수는 없는 법이다.

"미안하지만 난 엿 하나도 쓰레기통에는 버리기 싫거든."

"하하하. 쓰레기통?"

남자는 자신만만하게 웃으며 말했다.

"자신 있나 봐? 혼자서 우리랑 싸울 수 있겠어?"

"그럼, 자신 있지. 하지만 그 전에……."

여기 있는 무사들이 다 덤벼도 제압할 자신은 있지만 일단
정이준부터 확보해야 한다.

인질로 잡히면 골치가 아프니 말이다.

나는 말이 끝남과 동시에 앞으로 도약하며 손바닥으로 남
자의 가슴을 때렸다.

일검류(一劍流), 일섬(一閃).

검법과 권법은 본디 하나인 만큼 같은 원리의 기술이었다.

당연하게도 반응하지 못한 남자는 픽! 하는 소리와 함께
날아간 뒤 놀란 얼굴로 나를 바라봤다.

나는 남자가 엉덩이를 붙이고 있던 의자에 앉은 뒤 다리를
꼬았다.

"왜? 놀랐어?"

"이 자식이⋯⋯!"

남자는 이를 악물고 외쳤다.

"뭐 하냐? 저 새끼 죽여!"

"돕겠습니다."

무사들의 발도와 함께 정이준이 재빨리 자세를 잡으며 내
옆에 섰다.

"몸도 성하지 않은 놈이 돕긴 뭘 도와. 걱정하지 마."

고작 저 정도의 실력을 갖춘 놈을 상대하면서 막내의 도움
따위는 필요 없다.

게다가 애초에 내 역할은 여기까지.

여기서 활약할 주연은 이미 정해져 있다.

"이건 상혁이가 처리할 거니까."

"네?"

"지금 도착했나 보네."

그렇게 무사들이 사방에서 달려드는 순간.

한상혁이 뛰어들어 모든 무사들의 공격을 쳐 냈다.

"안 늦었지?"

"아슬아슬했잖아. 빨리빨리 좀 다녀라."

"듣자마자 달려온 거거든?"

상혁이는 가볍게 투덜거리고는 말을 이었다.

"어떻게 할까?"

"하고 싶은 대로 해."

"알았어."

마음이 착한 녀석은 검 손잡이와 칼등으로 상대를 제압했다.

단 한 명도 죽지 않도록 말이다.

상혁이의 방식에 동의하는 것은 아니었으나 오히려 그 모습이 더욱 그의 전투를 화려하게 만들어 주었으니 좋은 게 좋은 거다.

'정이준에게 상혁이의 실력을 보여 주는 게 목표였으니까.'

아무리 강하다고 소문이 났다고 하더라도 직접 보는 것만 못하다.

난 그렇게 생각하며 입을 벌리고 전투를 관람하는 막내를 돌아봤다.

정이준은 마치 혼자만 시간이 3배는 빠른 것처럼 움직이는 상혁이를 경이롭게 바라보고 있었다.

"어때? 네 선배가 다르게 보이지 않냐?"

"네? 아, 매우 강하시네요."

"그래, 저게 네가 바보 취급하던 한상혁의 실력이지."

"……."

정이준은 말을 멈추었다가 물었다.

"인간이 어떻게 저렇게 움직일 수 있죠?"

"보통은 힘들지."

만변무신공(萬變武身功)을 기반으로 한 움직임은 일반인이 보더라도 화려하고 기이하게 보였다.

그러나 이는 그 어떤 움직임보다 효율적이다.

모든 보법과 신법을 모아 개량해 재창조한 무공이었으니 말이다.

그러나 결코 아무나 배울 수는 없는 무공.

천부적인 전투 감각을 보유하지 않은 이상 만 개나 되는 몸의 움직임을 적재적소에 맞춰 사용하기란 불가능에 가깝다.

"그래서 특별한 거야. 상혁이는."

나는 침묵하는 정이준에게 말했다.

"평범하게 살고 싶다고 했지? 그것도 좋아. 그런데 말이야. 네가 평범한 사람들이랑 친했다면 이 위기를 넘길 수 있었을까?"

"……"

정이준은 대꾸하지 못했다.

그의 말대로 평범하게 살면 큰 위기와 직면하는 일이 적다.

그러나 계속 회피하다 결국 이런 위기가 오면 어떻게 될까?

"평범한 사람은 평범한 사람들과 어울리거든. 그러니까 뭔가 문제가 생겼을 때도 도움을 받을 수는 없지. 지금 너는 광명대니까 광명대원이 도와주는 거야."

정이준은 대꾸하지 않았다.

하지만 똑똑한 놈이니 내 말뜻을 잘 알아들었을 것이다.

평범한 사람은 평범한 상황까지만 감당할 수 있음을 말이다.

"이건 시련 축에도 못 껴. 돈만 내면 되는 일이었잖아. 훗날 나찰 같은 것들이 너희 마을을 침공해 가족들을 다 인질로 잡으면 어쩔 거냐? 그때도 지금처럼 바닥을 기면서 자비를 구할 건가?"

"그런 일은……."

"그래, 없을 수도 있지. 평생 그런 일 없이 안전하게 살 수도 있어. 그런데 오늘 이런 일이 있을 거라는 건 알고 있었나?"

정이준은 다시 침묵했다.

"모든 상황에 준비해라. 그 어떤 상황에서도 소중한 걸 지킬 수 있게 말이야."

회귀 전, 나 스스로에게 수도 없이 했던 말이다.

"잘 생각해 봐. 네가 왜 광명대에서 나가고 싶어 하는지는 알겠는데, 이번 기회를 놓치면 좋든 싫든 넌 다시 평범해지는 거야."

"……명심하죠."

그렇게 대화가 마무리될 때 즈음 내 장법에 맞아 날아간 남자가 이를 갈며 검을 뽑아 들고 외쳤다.

"이런 망할! 쓸모없는 것들 같으니라고."

남자가 앞으로 걸어 나오자 정이준이 서둘러 말했다.

"조심하세요. 대장님. 저놈은 다른 무사들과 다릅니다. 최소 선인급이에요."

"조심은 무슨. 아까 내 공격에 반응도 못 한 거 못 봤어?"

"그래도 방심하면……."

"방심할 것도 없어."

저놈을 처리할 사람도 이미 도착했으니까.

그리고 그 순간 창고 안으로 섬광 하나가 들어왔다.

눈에 보이지도, 귀에 들리지도 않는 하나의 화살.

그것은 나와 정이준을 스치듯이 지나가 남자의 이마를 뚫었다.

푹!

담담한 소리와 함께 뒤로 넘어가는 남자.

정이준은 침을 삼키며 말했다.

"지금 무슨……."

그리고 그때 입구에서 한 여자가 들어오며 외쳤다.

"이준아! 괜찮아?"

나는 그곳을 가리키며 말했다.

"박민주. 우리 광명대가 자랑하는 저격수지."

"저격수라고요?"

"궁사야. 몰랐어?"

"네, 당연하죠."

정이준은 몰랐다는 듯이 나를 바라보다 말했다.

"궁사가 왜 그런 근력 수련을 합니까?"

"무슨 수련?"

"왜 그 팔찌 끼고 막 근력 수련도 죽어라 하고……."

"아아……."

하긴, 모를 수도 있겠다.

"민주는 좀 특이한 궁사거든. 그리고 원래 활잡이들은 근력이 더 필요해."

"하아……."

정이준은 허탈하게 박민주를 바라봤다.

그냥 바보들이라고 생각했겠지.

나의 광명대가 최강의 소대라는 소문은 수도 바닥에 퍼진 지 오래였지만 아마 이 정도의 실력일 줄은 몰랐을 것이다.

정이준은 바닥에 주저앉아 허탈하게 웃었다.

"유아린 선배랑 주지율 선배도 이렇게 강합니까?"

"지율이는 민주 정도고 아린이는 우리 중에 제일 강하지."

"제일요?"

"응, 상혁이보다 조금 더 강할 거야."

"이건 무슨 괴물 집단도 아니고……."

정이준은 고개를 절레절레 흔들었다.

이윽고 무사들을 전부 제압한 상혁이까지 이준이에게로 달려와 물었다.

"야, 괜찮냐? 크크크, 많이도 맞았다."

"그러지 마, 상혁아. 이준아, 괜찮지? 어디 다친 데는 없어?"

두 사람의 걱정스러운 말에 정이준은 피식 웃으며 말했다.

"괜찮습니다. 그런데 조금만 빨리 와 주시지……."

그리고는 나라를 잃은 얼굴로 펄럭이는 소매를 바라보다 울먹이며 말했다.

"이, 이제 무사를 할 수가 없습니다."

이 자식.

이런 상황에서도 장난질이다.

팔을 소매 안에서 접어 마치 반밖에 안 남은 것처럼 연기를 하고 있는 것이었다.

저걸 누가 속냐?

"꺄아아악!"

"뭐야? 이서하! 응급 처치! 응급 처치!"

"……."

속지 마. 이 멍청이들아.

기껏 멋있는 선배로 연출해 놨더니 이게 뭐 하는 짓이냐?

"야, 이거……."

하지만 내가 뭐라고 하기 전에 정이준이 크게 웃으며 말했다.

"하하하하하! 아, 진짜 이런 걸 왜 속아요? 바보도 아니고."

"응?"

정이준은 당황한 상혁이에게 팔을 뽑아 보여 주었다.

"멀쩡합니다. 고맙습니다. 선배님들."

"이 자식이!"

막내의 장난질에 상혁이가 팔을 잡아 꺾었고 민주는 그제 야 상황을 눈치챘다는 듯 동그란 눈을 깜빡이며 놀란 반응을 보였다.

"뭐야? 장난이었어?"

"내가 진짜 팔 하나 없게 만들어 줄게."

"아아아악! 나 부상자! 나 부상자라고요!"

잘들 논다.

나는 무안한 얼굴로 아들을 바라보는 정이준의 모친에게 약을 건네며 말했다.

"가벼운 타박상뿐이니 금창약이면 충분할 겁니다. 직접 발 라 주세요."

"감사합니다."

하고 싶은 말은 많지만 하지 않겠다.

이번 일로 정이준네 어머니 또한 많은 것을 배웠을 테니 말 이다.

못 배웠다고 해도 그건 정이준이 어떻게 해야 할 일이지 내 가 왈가왈부할 문제는 아니다.

"상혁아. 진짜 애 팔 부러지겠다. 그쯤 하고 가자."

"어이구, 저 화상(畫像)."

"몸 관리 잘해. 이준아."

"우린 간다."

그렇게 몸을 돌려 밖으로 나갈 때였다.

"저기, 대장님⋯⋯."

정이준은 민망한지 조금은 뜸을 들였다 말을 이었다.

"내일도 출근하겠습니다."

쑥스럽게 제 뜻을 이야기한 것이었다.

확실히 막내 티가 풀풀 나는 표현법이었다.

한 살 어려도 막내는 막내라는 건가.

나는 민망한지 시선을 돌리는 정이준에게 말했다.

"그럼 당연히 와야지. 늦지 마라."

그렇게 막내의 신고식이 끝났다.

Chapter 72.

정이준이 합류하고 다음 날.

막내는 피곤한 기색도 없이 가장 먼저 회의실에 나와 청소를 도맡았다.

"너 그런 성격인 줄 몰랐는데."

"이왕 하는 거 제대로 해야 하지 않겠습니까?"

"다른 꿍꿍이가 있는 건 아니고?"

"에이, 그럴 리가요."

나는 능청스럽게 시선을 피하는 정이준을 가만히 바라보았다.

"왜 그렇게 보십니까?"

"뭔가 있는 거 같아서 말이야."

"흐음."

정이준은 가만히 생각하다 내 귀에 속삭였다.

"그게 말입니다. 어제 보니까 민주 선배가 뭔가를 먹더라고요. 수련 중에 배가 고파서 좀 달라고 하니까 막내는 먹을 자격이 없다며 상혁 선배랑 둘만 먹는 거 있죠."

"그래서?"

"매일 집에서 챙겨 오는 건 아닌 거 같고. 회의실에 있을 거 같아서 찾아보니까······."

정이준은 작은 주머니를 꺼내 나에게 보여 주었다.

"여기 꿀떡이 있었습니다."

주머니에는 박민주라는 이름 세 글자가 적혀 있었다. 정이준은 주머니 안의 꿀떡을 하나 꺼내 먹고는 나에게 말했다.

"드시겠습니까?"

"이 아침부터 이걸 찾으러 왔다고?"

"어제 너무 얄미웠어 가지고 말입니다."

"······너나 많이 먹어라."

그리고 민주한테는 너만 맞아라.

"으아아악! 내 꿀떡!"

때마침 민주가 들어오자 정이준은 바로 주머니를 나에게 던지고는 꿀 먹은 벙어리가 되어 민주를 바라봤다.

"대장님. 그거 민주 선배 것이었습니까?"

"입에 있는 거 다 씹고서나 말해라."

나는 꿀떡 주머니를 민주에게 던져 준 뒤 말했다.

"갑자기 변소에 가고 싶네."

"대장님? 어디 가십니까? 같이 먹었으면……."

같이 안 먹었는데 계속 같이 먹었다 그러네.

"정이주우우우운!"

"저 아직 어제 부상이……! 꾸웩!"

한 명 더 들어왔을 뿐이었는데 광명대가 요란해지기 시작했다.

이윽고 나머지 대원들이 도착하고 나는 가볍게 정이준을 소개했다.

"어제는 늦게 와서 자기소개를 못 했으니 오늘 직접 소개해 봐."

"정이준이라고 합니다. 작은 상단주의 아들이라 가문명은 없습니다. 열심히 하겠습니다."

"이제부터 이 녀석이 광명대의 머리가 되어 줄 거야. 그러니까 우리 막내가 말하는 건 웬만하면 들어주도록 해."

지율이와 아린이가 고개를 끄덕이자 상혁이가 말했다.

"아무리 그래도 막내 명령은 듣기 싫은데."

그러자 아린이와 지율이가 차례대로 쏘아붙였다.

"서하가 말하는 거잖아. 그냥 따라."

"그리고 대장님의 명령이지."

"······너희 둘은 광신도 같아."

상혁이 말에 정의준은 고개를 끄덕이다 나에게 말했다.

"전 웬만하면 저 바보 선배들이랑 붙여 주세요."

"안 그래도 그럴 생각이야."

아린이와 지율이는 나와 함께 다니는 게 서로에게 좋을 것만 같다.

"그럼 앞으로의 일정을 말해 줄게."

경진년(庚辰年) 계획은 아직도 많이 남아 있었다.

"곧 우리 부대는 전쟁에 나갈 예정이야."

"원정이 아니라 전쟁이라고?"

"정확히는 남의 나라 전쟁에 나갈 거야. 제국 남부. 우리한테는 북부가 되겠네."

"······."

상혁이는 입맛을 다셨고 그의 옆에 앉아 있던 정이준이 물었다.

"그런 정보가 있었습니까? 전 금시초문인데."

당연히 그런 정보는 없지.

제국 남부.

요령성(遼寧省)은 제국보다 오히려 우리 왕국과 가까운 곳이었다.

황제는 멀고 왕국은 가까운 지방이었으니 말이다.

또한, 현 요령성의 성주인 여씨 가문은 계명과 아주 절친한 관계를 유지하고 있었다.

이는 계명의 대북 정책 덕분이었다.

계명(界明)의 가훈(家訓)은 불필불투(不必不鬪).

필요 없는 싸움은 절대로 하지 않는다는 뜻이었다.

가훈대로 계명은 제국 남부를 지배하는 가문과 친하게 지내며 혹시나 생길 문제를 미연에 방지했다.

그렇게 약 50년간 지속되어 온 그 관계는 그 어떤 때보다도 깊어져 거의 의형제와 가까운 사이가 되었다.

그러나 경진년에 문제가 터진다.

제국 정세가 혼란스러운 틈을 타 사방에서 반란이 일어난 것이다.

이 작은 왕국도 대가문이 각자의 땅에서 왕 노릇을 하고 있는데 저 큰 제국은 어떻겠는가?

물론 반란에 성공하더라도 적법한 영주가 아니기에 황제군을 상대해야 했으나 제국 황제의 상황도 우리 왕국보다 나쁘면 나빴지 결코 더 좋지는 않았다.

'아직 황제군이 건재하긴 하지만 그 영향력은 점점 줄어들고 있다.'

어쨌든 그런 의미로 요령성은 아주 먹음직스러운 지역이다.

약해진 황제군이 차마 올 수 없을 정도로 먼 지역.

한마디로 먹는 놈이 임자인 그런 지역이었다.

'하지만 계명은 그걸 바라지 않는다.'

요령성의 성주가 바뀌면 그동안 쌓아 놓은 관계가 다 사라지니 말이다.

생각을 마친 나는 말을 이어 갔다.

"계명에서 지원 요청이 오면 어떻게든 합류해서 갈 거야. 그렇게 알고 있어."

요령성으로 가는 이유는 두 가지.

첫 번째로 난 요령성이 함락되는 걸 원치 않는다.

거기를 차지하게 될 반란군의 수장이 아주 미친놈이거든.

두 번째로 제국에 내 인맥을 만들어 놓아 나쁠 것은 없다.

그리고 마지막 세 번째.

요령성에는 고분(古墳)이 있다.

수백 년 전, 나찰을 상대로 싸웠던 한 부부의 고분.

영웅이 많은 제국에서도 손꼽히는 이들로 두 부부가 등을 맞대고 싸우면 당해 낼 적수가 없었다고 한다.

'제국은 고분에 온갖 물건을 넣어 놓지.'

부부가 사용하던 무구, 비급 등 이들이 소지하고 있던 모든 것이 고분에 들어갔을 것이다.

제국을 지킨 영웅들인 만큼 온 백성들의 존경을 받는 사람이었으니 누군가 빼돌리지도 못했을 터.

게다가 아직 이 고분은 발견되지 않았다.

안에는 두 사람이 살아생전 가지고 있던 모든 영약과 보구가 보존되어 있겠지.

'제국의 고분은 비고와 같다.'

미안하지만 난 이 고분을 파헤칠 생각이다.

어차피 내가 파내지 않아도 제국의 고분은 전부 파헤쳐지니 말이다.

"그러니까 그때까지 정이준이 훈련시키고."

"네? 저요?"

정이준이 놀란 표정을 지을 때 상혁이와 민주가 그의 양팔을 잡아 일으켰다.

"애기야, 가자!"

"저기요, 대장님. 직접 가르쳐 주실 순 없습니까? 전 이 두 바보, 아니 선배들은 싫다고요!"

"웬만하면 저 둘이랑 붙여 달라며?"

"아⋯⋯!"

그렇게 정이준이 끌려 나가고 나는 지율이와 아린이에게로 고개를 돌렸다.

그러자 아린이가 미소를 지으며 말했다.

"나는 갈 곳이 있어서 먼저 실례할게."

"그래, 마침 나도 갈 곳이 있어서. 청신 좀 다녀올게. 지율이는⋯⋯."

"혼자서 수련할 수 있어. 다녀와."

"그럼 그렇게 하는 거로 하자."

지금쯤이면 청신에 육도의 부대와 육도검 이재민의 부대

가 합류했을 것이다.

스승님 좀 보고 와야겠다.

"우리 스승님 숙제는 잘하셨을까?"

숙제 검사할 시간이다.

◆ ◆ ◆

회의가 끝난 후 유아린은 북대우림으로 향했다.

태연한 얼굴로 이동한 유아린은 북대우림에 도착하자마자 표정을 굳혔다.

그리고 그 순간 거흑랑 한 마리가 유아린에게 달려들었다.

"컹!"

큰 소리를 내며 달려든 거흑랑은 마치 주인에게 안기듯 유아린에게 안겨 재롱을 부리기 시작했다.

"알았어. 알았어."

유아린은 반갑게 거흑랑의 등을 만져 주고는 한숨을 내쉬었다.

"그래도 여기가 좀 편하네."

사방에 자욱한 음기.

보통 사람이라면 불편함을 느껴야 정상이었으나 유아린은 나찰에 더욱 가까웠다.

오히려 양기가 충만한 수도가 더 불편하다면 불편할 수밖에.

'요즘 들어 이상해.'

점점 음기를 다루는 것이 어려워지고 있다.

'일단 신로심법.'

신로심법은 단전과 기혈을 단련하기에 가장 좋은 심법이 었으나 그것만으로는 부족한 느낌이 들기 시작했다.

하지만 이것이 최선이었기에 아린은 가부좌를 틀고 앉아 정신을 집중했다.

순식간에 한 시진이 지나고 아린은 눈을 떴다.

그런 그녀의 눈앞에 북대우림 원정 때 보았던 시체들이 나타났다.

-재밌었지 않아?

그것이 사라지고 나서는 도륙된 사자(死者)들이 나타났다.

-또 하고 싶잖아?

머릿속에서 환청이 들린다.

"하아."

유아린은 자리에서 일어난 뒤 묵묵하게 혈극재신법 수련에 들어갔다.

'또 기회가 있겠지.'

곧 전쟁이 있을 것이라고 했다.

그러니 금방 찾아올 것이다.

서하를 위해 사람을 죽일 기회가.

◆ ◈ ◆

청신에 도착한 나를 마중 나온 것은 아버지와 최씨 노인이
었다.

"와, 멋있네요."

"그렇습니까, 도련님? 크하하하."

장(將)들만 입는 무복을 입은 도공 최씨는 온갖 자세를 취
하며 말했다.

"다시 수련 좀 하려니까 몸이 아주 찌뿌드드합니다."

"다시 수련할 필요가 없을 정도로 훌륭하셨었는데요."

"에이, 그건 우리 전성기의 반도 안 되는 실력입니다."

허풍인가 아닌가 모르겠다.

허풍이 아니라면 도대체 전성기 때는 얼마나 강했던 거야.

"무릇 하루라도 수련하지 않으면 퇴보하는 것이 무예(武
藝)라는 것이니 말입니다. 몇 년을 놓았는데 반이라도 하는
게 어딥니까?"

"하긴 그렇죠."

할아버지 같은 고수들도 매일같이 수련해야만 하는 것이

이 바닥이니 말이다.

"아버지는 요즘 어떻게 지내십니까?"

"네가 보낸 2,000명 때문에 아주 미칠 지경이다. 왜 다들 그렇게 다쳐서 오는지 모르겠단 말이야. 쯧쯧쯧."

"다쳐요?"

"외공 수련 일정을 짠 게 너희 할아버지거든. 요즘 것들은 다들 비실댄다고 얼마나 혀를 차시던지."

"아……."

그럼 다칠 만하네.

철혈대가 예전의 명성을 되찾기 위해서는 육도의 정예라고 하더라도 신병처럼 훈련을 시켜야 했다.

"다들 잘 따릅니까?"

"그럼, 안 따를 수가 있나. 너희 할아버지가 그 육도검인가 뭔가 하는 친구도 반 죽여 놨는데."

"이재민 선인을요?"

"대장은 최소 일당백은 해야 한다며 훈련시켰거든."

"이미 일당백은 할 텐데요."

중급 무사를 기준으로 말이다.

"아니, 선인 상대로."

"……그런 사람이 있습니까?"

"있잖아. 네 할아버지. 그리고 새로운 삼 대장님들."

"저는 그럼 몇 명을 이길 수 있을까요?"

"아, 그것도 너희 할아버지가 말하더구나. 네 할아버지 말로는 한 20명은 이길 수 있다던데. 요즘 선인 기준으로."

"……철혈대 대장은 안 해야겠네요."

"하하하, 그래. 그게 오래 살 길이다. 이재민이라는 친구는 지금 내 약방에 누워 있는데. 어때? 친한 사이면 가서 볼래?"

"아닙니다. 어차피 뻗어 있을 텐데요."

아마 탈진해서 잠자고 있겠지.

금수란 암살 사건 이후로 강해지기 위해 폐관 수련까지 한 인간이니 불만은 없겠지.

그렇게 수다를 떨며 도착한 연무장은 지옥 그 자체였다.

"계속 움직이라고! 3번 진형으로 움직여!"

그리고 그걸 지휘하는 것이 바로 훈련 교관, 나의 첫 번째 스승님 김한결이었다.

'빠르네.'

육도검 이재민의 부대는 김한결의 지시에 따라 빠르게 진을 바꾸었다.

'이 정도면 정예라고 부를 수 있겠지.'

하지만 다른 육도의 부대는 답이 없어 보였다.

이윽고 김한결이 손을 들며 말했다.

"그만, 오늘은 여기까지. 모두 오와 열을 맞춰 남악을 돈 뒤 복귀해라."

훈련이 끝난 후 행군까지 시키는 것이다.

전투라는 게 항상 이길 수만은 없으니 격렬한 전투 후에도 후퇴하는 방법을 가르치는 것이겠지.

"끝까지 쥐어짜는 훈련 방식은 변하질 않으시네요."

"오, 서하야. 아니, 이제 선인님이라고 불러야지."

"그냥 서하라고 불러 주세요."

"아유, 선인님 명령이라면 그래야지."

여전히 눈치는 없는 거 같지만 차라리 그게 편하다.

"네가 보내 준 무사들은 내 방식대로 훈련 중이다. 다들 실력은 있는데 전술의 기본도 없어. 하긴, 이 나라 정예라고는 백성엽 장군님 직속 부대뿐이니까 그럴 만하지만 아무리 그래도 이건 좀 심하잖아. 안 그렇냐?"

"그래서 선배님을 훈련 교관으로 임명한 거 아닙니까?"

"하하하, 선인한테 선배라니 이거 참 듣기 민망하네."

"그나저나 제가 드린 신로심법은……."

"아! 그거."

김한결은 나에게 어깨동무를 한 뒤 말했다.

"완벽하게 개량했지."

호오.

숙제를 제대로 하신 모양이다.

"이름하여 쌍로심법!"

"오오!"

나는 고개를 끄덕인 뒤 말했다.

"이름 한번 촌스럽네요."

"……뭐 이름이 중요한가? 이름은 서하 네가 알아서 정하도록 하고."

김한결은 민망한지 헛기침을 하며 말했다.

"자세한 건 들어가서 차 한잔하면서 담소를 나눠 보자고. 선인님."

스승님은 손짓과 발짓을 해 가며 설명을 시작했다.

역시나 서론이 길었다.

"이 신로심법(身路心法)이라는 거 누가 만들었는지 참 잘 만들었단 말이야. 진짜로 서하 네가 만든 거 아니야?"

당신이 만들었다니까.

다 알면서 저렇게 칭찬하는 거 아니야?

"나도 개념은 생각하고 있었지만 이렇게까지 잘 정리하지는 못했는데 말이야."

"그럼 이제 개량된 신로심법부터 설명해 주실 수 있을까요?"

"아, 맞아."

스승님은 고개를 끄덕이고는 백지를 꺼내 그림을 그리기 시작했다.

"간단하게 말하면, 신로심법이란 몸에 기(氣)가 움직일 길을 만드는 것이잖아. 더 많은 기가 몸으로 들어오고 또 단전으로 향할 수 있도록 말이야."

"기본적으로는 그렇죠."

신로심법을 익히면 내공을 빠르게 쌓을 수 있을뿐더러 인체 도식을 완벽하게 이해함으로써 더욱 효율적으로 기를 운용할 수 있게 해 주었다.

"그런데 길을 아무리 넓고 강하게 만들어도 기의 흐름을 더 빠르게 할 수는 없다는 결론이 나왔어. 일종의 병목 현상 같은 거지."

"병목 현상이요?"

"응, 신로심법은 상단전, 중단전, 하단전을 전부 사용할 수 있게 만들어 주는 심법이야. 몸으로 들어온 기가 기혈을 따라 세 단전을 순환하는 그런 형식이지."

"그래요?"

"몰랐어?"

"……아뇨, 알고 있었죠."

당연히 모르고 있었다.

회귀 전 스승님은 닥치고 반복하라는 방식으로 수련을 진행했으니 말이다.

물론 그건 내가 설명을 해도 못 알아들었던 탓이 있다.

그때는 이해력이 좀 달렸거든.

어쨌든 풀어 설명하면 이렇다.

상단전은 정수리, 중단전은 심장, 그리고 하단전이 바로 흔히들 말하는 단전이다.

보통의 내공심법은 하단전만을 사용하지만, 신로심법은 인체 도식을 완벽하게 이해하는 만큼 상단전과 중단전까지 이용하는 것이었다.

'그래서 내가 극양신공을 그렇게 쉽게 사용할 수 있는 거기도 하지.'

한마디로 지금까지 나는 중단전을 이용해 음기를 양기로 바꾸고 있었던 것이 된다.

의식하고 사용한 것은 아니지만 말이다.

"어쨌든 설명을 이어 가자면 기가 순환하는 것까지는 좋다이거야. 그런데 이게 일방통행이라는 게 문제지."

"일방통행이요?"

"기의 흐름이 한 번에 한쪽으로밖에 못 간다는 말이야. 그러니까 속도에 한계가 생기고."

"아……."

일단 아는 척 고개를 끄덕이자.

"그 문제를 해결하기 위해 머리를 싸매고 고민한 결과 아주 간단한 해결법이 나왔어. 바로 기혈에 길을 두 개 만드는 거야. 쌍방 통행으로 말이지. 그럼 세 단전의 연결이 더욱 빠르게 되어 내공이 쌓이는 속도가 빨라지겠지?"

"……."

"이해가 어려운가?"

"대충은 알아들었습니다."

정확한 원리는 모르겠지만 말하고자 하는 바는 이해했다.

"그러니까 간단히 말해 2배 더 효율적이라는 거죠?"

"그렇지! 역시 우리 선인님 이해력이 남달라. 이 신로심법을 누가 만들었는지는 모르겠지만 하나만 알고 둘은 몰랐던 게 분명해. 내 신로심법의 창시자에게 나의 발견을 알려 주고 싶구먼. 하하하."

자기 자신과 경쟁하는 스승님이었다.

그나저나 길을 두 개로 만들 수 있다는 소리는…….

"그럼 4개로 늘리는 것도 가능하겠네요?"

"기혈의 크기만 충분하다면 안 될 것도 없지. 효율적이냐 아니냐는 생각해 봐야겠지만."

신로심법의 한계가 사라진 것이나 다름없었다.

말 그대로 최강의 심법이 탄생한 것. 역시 스승님에게 개량을 부탁한 게 정답이었다.

"이름은 신로심법으로 계속 가도 되겠네요. 어차피 길을 만든다는 개념은 같으니."

"쌍로가 어때서?"

"약간 삼류 악당 느낌 아닙니까?"

"……듣고 보니 그러네?"

"그럼 수련 방법은 어떻게 됩니까? 이론과 실전은 좀 다를 수 있는데."

"걱정하지 마. 내가 이미 수련해 길을 두 개 만드는 데 성공

했으니 말이야."

"벌써요?"

역시 이 인간도 천재다.

상혁이가 천재성을 타고났다면 스승님은 무공에 대한 이해력을 타고났다고 해야 할까.

아마 굉장한 가문에서 태어나 빵빵한 지원을 받으며 연구에 매진했다면 왕국 최고수 중 한 사람이 되지 않았을까?

스승님은 나와 같은 생각을 했는지 푸념하며 말했다.

"나야 이미 나이가 차서 완벽하지는 않지만 말이지. 아쉽다. 아쉬워. 한 15년만 늦게 태어났어도 고수가 될 수 있었을 텐데."

회귀 전과 같은 대사였다.

그때는 이렇게 말이 많지 않았지만 말이다.

"그래도 약관이 되기 전부터 신로심법을 수련한 너라면 완벽하게 할 수 있을 거야."

"그래서 말인데, 부탁이 있습니다."

스승님은 뭐든 들어주겠다는 듯이 고개를 끄덕였다.

"같이 수도로 가서 가르쳐 주시겠습니까?"

좋은 건 다 같이 배워야 하지 않겠는가?

스승님을 데리고 수도로 돌아온 나는 바로 광명대가 사용하는 연무장으로 향했다.

'아린이와 상혁이가 좋아하겠네.'

상혁이 같은 경우는 특유의 천재성을 몸과 내공이 못 따라가는 느낌이 강했다. 외공은 지금까지의 노력으로 충분히 쌓아 올렸으나 내공은 그럴 수 없었다.

'현재의 신로심법으로는 상혁이의 성장 속도를 따라갈 수 없었으니까.'

슬슬 영약까지 동원해서 성장시켜야 한다고 생각할 때였다.

또한 개량된 신로심법은 아린이에게도 큰 도움이 될 것이다.

아니, 오히려 상혁이보다도 아린이가 더 급하다고 볼 수 있다.

'매년 음기가 두 배로 늘어난다고 했지.'

나찰의 신체를 물려받은 아린이는 체내에서 음기를 생성한다.

아무리 부동심법(不動心法)을 익혔다고 하더라도 양기와 음기의 균형이 극단적으로 치우치면 정신도 함께 무너질 수 있다.

그렇게 연무장에 들어갈 때 저 멀리서 누군가가 나를 향해 손을 흔들며 달려왔다.

"서하야! 큰일 났어!"

상혁이다.

정이준이 또 뭔가 사기라도 친 것일까? 이 녀석은 어제도 그렇게 속았으면서 또 속은 건 아니······.

"아린이가 이상해."

순간 심장이 내려앉았다.

혈겁(血劫)이라도 일어난 것일까?

아니다.

그랬다면 수도가 이리 조용할 리가 없지. 아린이가 제대로 폭주한다면 백성엽 장군의 정예가 오더라도 쉽게 막을 수 없을 테니 말이다.

"무슨 일인데?"

"말로 설명하기는 어렵고 취사장으로 가 봐."

"취사장?"

설마 아린이가 요리를 한다고 이 난리일까?

확실히 아린이가 해 준 요리는 맛이 어떻든 모든 남자의 이상과 같은 그런 것이긴 하지만······.

나는 그런 생각을 하며 취사장으로 향했다.

그와 동시에 내 눈에 들어온 것은 거꾸로 매달린 멧돼지 한 마리와 그것을 해체하고 있는 아린이었다.

인기척을 느낀 아린이는 고개를 돌려 나를 보고는 빙긋 웃었다.

"서하 왔어? 이거 북대우림에서 잡았어. 다 같이 먹자."

"어? 어······."

마른침이 절로 넘어간다.

질끈 묶은 아린이의 머리 절반이 은빛으로 빛나고 있었다.

백옥처럼 하얀 피부와 대조되는 붉은빛의 눈은 너무나도 숭고함이 느껴질 정도였다.

그러나 동시에 두려움이 엄습해 왔다.

'나찰…….'

나찰의 특징인 은빛 머리카락과 붉은빛 눈이 폭주하지 않았음에도 나타났다.

이미 음양의 조화가 완전히 무너졌다는 소리였다.

나는 조심스럽게 아린이에게 다가가 말했다.

"아린아, 너 머리가……."

멧돼지의 배에서 내장을 꺼내 바닥에 던진 아린이는 나를 돌아보며 웃었다.

"오늘 갑자기 이렇게 변하더라고. 괜찮아. 폭주한 건 아니니까. 잘 억제하고 있어."

아니, 억제하고 있지 않다.

부동심법이 아니었다면 이미 수도에 혈겁이 벌어졌을 것이다.

'괜찮아. 아직은 정신이 살아 있으니까.'

지금이라도 성장하면 된다.

음기를 억제할 수 있을 만큼 거대한 단전과 양기를 품으면 된다.

일단 불안감을 들키지 말자.

나는 미소를 지었다.

누가 봐도 억지 미소 같겠지만 말이다.

"그래? 근데 갑자기 멧돼지는 왜? 그리고 북대우림이라니?"

"요즘은 거기서 수련하는 게 편해서. 그리고 이 멧돼지는……."

아린이는 식칼로 한 방에 멧돼지의 머리를 날리며 말했다.

"뭐라도 하고 싶었어."

뭐라도 죽이고 싶었다는 말로 들리는 건 왜일까?

그렇게 멍하니 서 있자 아린이가 내 가슴을 툭 치며 말했다.

"조금만 기다려. 다 해체해서 가져갈게."

"어, 그래. 기대하고 있을게."

밖으로 나오자 걱정스러운 얼굴로 대기 중인 친구들이 보였다.

"아린이는 괜찮은 거야?"

지율이의 물음에 나는 고개를 흔들었다.

"괜찮지 않아."

지금은 아무 일도 없는 것처럼 넘어갈 수 있다.

하지만 이대로 1년이 지나간다면 어떻게 될까?

'아린이를 내 손으로 죽여야 할 수도 있다.'

죽어도 싫다.

나는 꿔다 놓은 보릿자루처럼 옆에 서 있는 스승님에게 말했다.

"스승님."

"저요? 아니, 나?"

아, 지금은 스승님이라고 안 불렀었지.

하지만 상관없다.

어차피 앞으로 며칠은 그에게 새로운 신로심법을 배워야 하니까.

"이제부터 스승님이라고 부르죠. 이제부터 심법을 배워야 하니 틀린 말도 아니잖아요."

"아, 그럼 나도 편하긴 한데."

"오늘 당장 시작하죠. 스승님은 철혈대 훈련은 잊어버리시 고 아린이만 챙겨 주세요."

"그래. 그럴게."

일단 급한 불부터 끄자.

'너무 안일했어.'

내가 병신이지.

난 믿음이라는 말을 핑계로 아린이를 방치한 것이나 다름 없었다.

어떻게 음기가 몸을 치고 나올 정도로 균형이 무너져 있을 때까지 눈치를 못 챌 수가 있을까?

만약 일반인이었다면 이미 혈마(血魔)가 되어 미쳐 날뛰었 을 것이다.

매일 환청이 들리고 피를 보고 싶은 욕구가 끓어오르겠지.

아린이는 그 욕구를 오직 나만 보며 참아 내고 있는 것이었다.

그리고 나는 바보처럼 다른 일에만 정신이 팔렸었다.

'아린이를 구한 그 순간부터 내가 다 책임졌어야 하는데……'

내 아둔함이 어디 가겠는가?

그래도 늦지 않았다는 것이 중요하다.

'공청석유급의 영약이 필요해.'

그런데 그런 걸 쉽게 찾을 수 있을까?

생각해 두었던 3대 비고는 이미 털었다. 게다가 공청석유급의 영약이 있는 비고는 이 나라에 더 이상 존재하지……

'요령성의 고분!'

왕국에 없다면 제국에서 찾으면 된다.

고분 안에는 분명 공청석유급의 영약이 있을 것이다.

'고분 안에 정확히 무엇이 있는지는 모르지만……'

회귀 전, 고분을 파낸 것이 누군지, 안에 무엇이 있는지는 들은 적이 없다.

하지만 콧대 높은 제국의 무사 모두가 인정하는 염제(炎帝)와 빙후(氷后)가 묻힌 고분이다.

뭐가 있어도 있을 것이 분명하다.

아니, 있다고 믿어야지.

'전쟁까지는 두석 달 정도.'

그때까지는 개량된 신로심법으로 어떻게든 버텨야 한다.

나는 불안한 얼굴로 바라보는 친구들과 정이준에게 말했다.

"걱정하는 거, 불안한 거 티 내지 말고 평소처럼 행동하자.

아무 일 없을 거야."

내 말에 모두가 고개를 끄덕일 때 아린이가 밖으로 걸어 나왔다.

모두가 어색하게 미소를 지어 보였고 아린이는 살짝 미간을 찌푸리며 말했다.

"야, 한상혁. 살은 다 발라 놨으니까 나머지 준비는 네가 해라."

"나?"

"응, 너."

"왜 나야? 여기 막내 있잖아."

아린이는 정이준을 힐끗 바라봤고 정이준은 갑자기 다리를 떨며 주저앉았다.

"수련을 너무 심하게 했나? 다리가 풀려서 못 걷겠네요. 민주 선배, 저 좀 업어 주세요."

상혁이는 혼신의 연기를 하는 막내를 한심하게 바라보다 고개를 흔들었다.

"널 시키느니 내가 한다. 내가 해. 너는 서하랑 가서 새로운 신로심법인지 뭔지나 배워라."

상혁이의 말에 아린이가 나를 바라보며 말했다.

"새로운 신로심법?"

"응, 여기 스승님이 신로심법을 개량해서……."

"그래, 하자. 뭐부터 하면 돼?"

247

"그건 스승님이 알려 줄 거야. 일단 조용한 곳으로 가자."

나는 슬쩍 아린이에게 손을 건넸다. 왜 그랬는지는 모르겠다. 그냥 미안해서? 먼저 손을 건네면 아린이가 좋아할 거 같아서 그랬나 보다.

그리고 내 생각대로 아린이는 환하게 웃으며 손을 잡아 주었다.

"가자."

열심히 해야겠다.

저 미소를 계속 볼 수 있도록.

새로운 신로심법을 익힌 지 한 달이 지났다.

수련법은 간단했다.

심법이 다 그렇듯 몸의 원리를 파악하고 이를 적용하면 끝이다.

아린이와 상혁이는 일주일 만에 기혈을 두 개로 나누어 기를 운용하기 시작했다.

"그러니까 마치 오른손과 왼손이 따로 노는 것처럼 기혈 하나를 반으로 쪼개서 따로 운용한다고 생각하면 쉬울 거야."

머리로 이해하고 몸에 적용한 아린이와.

"그냥 감각으로 하면 된다니까? 그냥 딱 하고 느낌이 오지 않아?"

감각적으로 익혀 버린 상혁이었다.

스승님은 이 둘이 다로(多路)를 완벽하게 해낸 것을 보고는 두 사람에게 배우라는 말을 남기고 청신으로 돌아갔다.

자기한테는 아직 정예로 만들어야 하는 2,000명의 무사들이 남아 있다나 뭐라나.

그래서 이 꼴이다.

나는 진심으로 나를 위해, 그리고 나를 놀리기 위해 훈수를 두는 두 천재에게 말했다.

"알았어. 알았어. 내가 알아서 할게. 정신 사납다."

"삐졌네, 삐졌어. 혼자만 못 해서 삐졌고만."

"한상혁. 말조심해. 서하는 삐지지 않아. 우리가 다 아는 걸 말하니까 귀찮은 거 아니야. 미안. 우리가 시끄러웠지?"

"아닌데? 그냥 못 하는 거 같은데? 다 알면 얘도 이미 했겠지."

"……."

할 말이 없다.

다행히도 아린이는 신로심법의 새로운 수련법인 다로(多路)를 익힌 후 다시 정상적인 상태로 돌아왔다.

아직도 은빛 머리카락이 군데군데 남아 있었으나 눈동자 색깔이라도 다시 검은색으로 돌아온 게 어딘가.

어쨌든 이제 나만 제대로 하면 된다.

빨리 실력을 키워 요령성의 고분을 파내야 하니 말이다.

그렇게 생각할 때였다.

"오옷! 나도 뭔가 된 거 같아."

뒤늦게 수련에 합류한 민주가 소리를 질렀다.

'박민주 너마저……!'

아직 우리 삼인방보다 신로심법의 깊이가 떨어졌으나 민주와 지율이에게도 이 다로(多路) 수련법을 알려 주었다.

덕분에 나보다 1주일 늦게 시작했으나 민주는 3주 만에 다로를 완성했다.

결국 남은 건 나와 지율이뿐이었다.

"됐다! 나도 해냈어!"

신나서 춤을 추는 민주가 오늘따라 보기 싫다.

나는 한숨과 함께 말했다.

"오늘은 여기까지 하자. 너희는 저녁 먹으러 가. 나는 지율이랑 조금 더 하다 갈게. 항상 먹는 거로 주문해 놔라."

"그래, 둘은 열심히 해야지. 열심히 해라. 우리 열등반 친구들."

"아주 한 번 이겼다고 겁나게 깝죽거리네."

상혁이는 키득거리며 아린이와 민주를 데리고 떠났고 나는 지율이와 둘이 남아 다시 정신을 집중했다.

그러자 옆에 있던 지율이가 말했다.

"미안하다."

"뭐?"

"나 민망하지 말라고 못 하는 척하는 거잖아."

저건 또 무슨 소리야?

지율이는 머쓱하게 볼을 긁적였다.

"고맙다. 덕분에 혼자 남지 않았어."

"……."

뭔가 대단한 착각을 하는 것만 같다.

난 그냥 못 하는 건데.

"이상한 소리 하지 말고 수련이나 집중하자."

"그래야지. 빨리 익혀서 한상혁 입이나 꿰매 버리자고."

"좋은 생각이야."

그게 언제쯤일지는 모르겠지만 말이다.

◆ ◈ ◆

계명(界明).

왕국의 방패.

북동의 파수꾼.

4대 가문 중 수도에서 가장 멀리 있으나 가장 중요하다고 할 수도 있는 가문이었다.

그리고 이 계명의 관청에 요령성 성주의 딸이 찾아왔다.

"요령성 성주의 여식 여옥비입니다. 오랜만입니다. 최지혁 가주님."

여옥비는 최대한 예를 차려 고개를 숙였다.

황제를 알현하듯 최대한 화려한 정통 복식에 높게 올려 묶은 머리.

계명의 가주 최지혁은 그런 그녀를 바라보다 인자한 미소를 지으며 말했다.

"그렇게 예를 차릴 것 없다. 어렸을 적부터 봐 온 사이 아니더냐. 들어오너라. 뭣들 하느냐? 손님을 뫼셔라."

최지혁은 안으로 들어가다 막내아들 최도원을 흘깃 바라봤다.

"너도 들어오너라."

"네, 아버지."

최도원은 기다렸다는 듯이 고개를 숙이고는 아버지를 따라 안으로 들어갔다.

계명의 사람들 역시 현재 요령성의 상황을 잘 알고 있었기에 별다른 설명은 필요하지 않았다.

최도원은 자신이 알고 있는 정보를 토대로 상황을 유추했다.

'해방군이 본격적으로 움직였다.'

요령성의 외곽에 도적 떼가 출몰한 것은 약 1년 전이었다.

작은 도적단으로 시작한 이들은 무사들과 재야 고수들을 흡수하며 점점 세력을 키워 나갔다.

그리고 1년이 지난 지금에 와서는 요령성의 절반 정도를 차지할 정도로 거대한 세력이 되어 스스로 해방군이라는 이름을 붙였다.

'이제 한계군.'

요령성주는 그나마 해방군의 세력이 약할 때 이들을 진압하려고 했다.

하지만 번번이 패배.

'자세한 건 들을 수 없었지만…….'

요령성은 제국, 계명은 왕국이었기에 전투 보고서까지 공유할 수는 없었다.

그러나 계명에서 심어 놓은 정보원에 따르면 모든 전투가 일방적이었다고 한다.

'전투를 직접 볼 수 있었으면 좋으련만…….'

고수들이 즐비한 전쟁터까지 일반 정보원을 투입할 수는 없었다.

최도원은 자리에 앉은 뒤 여옥비가 입을 열기를 기다렸다.

여옥비는 긴장감에 떨다가 마음을 다잡고 말했다.

"현재 반란군이 요령성의 주도로 진군 중입니다."

요령성(遼寧省)에는 총 7개의 도시가 있었고 그중 4곳이 이미 해방군의 손에 떨어진 상황이었다.

그리고 이들이 진군하고 있는 곳이 주도.

심수시(瀋水市)였다.

"오랜 친구인 계명에게 지원군을 요청합니다."

여옥비는 슬쩍 시선을 올려 최지혁의 반응을 바라봤다.

언제나 인자한 미소로 반겨 주던 분이다.

이 부탁을 거절할 리가…….

"그건 생각을 좀 해 보고 답을 줘도 괜찮겠느냐?"

예상치 못한 최지혁의 말에 여옥비는 침을 삼키고는 흥분해서 외쳤다.

"지, 지금 당장 움직여 주셔야 합니다. 이 시간에도 반란군은 빠르게 진군하고 있을 것입니다."

"적을 알기 전에는 움직일 수 없단다."

최지혁은 담담하게 말했다.

"보고서는 가지고 왔느냐?"

"네, 가져왔습니다."

"그럼 먼저 적의 전력과 성격을 검토한 뒤 답변을 주도록 하마. 한시가 급한 상황이니 바로 회의를 시작하지."

"……네."

여옥비는 자리에서 일어나 고개를 숙였다.

"기다리고 있겠습니다."

최도원은 여옥비가 밖으로 나가기를 기다렸다가 말했다.

"생각해 볼 필요가 없지 않겠습니까? 아버지, 요령이 무너지면 계명도 위험합니다. 게다가 현 요령성주는 청렴결백한 인물이 아닙니까? 명분으로 보나 친분으로 보나 요령성주를 도와야 하지 않겠습니까?"

최지혁은 아직 어리숙한 막내아들의 말에 한숨을 내쉬었다.

"그러다가 지면 어떻게 되겠느냐?"

"지면……."

"계명은 약해지겠지."

"그래도 계명은 위험하지 않을 겁니다. 누가 이곳에 쳐들어올 수 있겠습니까?"

계명은 천혜(天惠)의 요새다.

두 거대한 산맥이 만나며 생성된 고지대는 인간이 다닐 수 없을 정도로 험준했으나 과거의 인간들은 이 오지에도 말과 수레가 다닐 수 있는 길을 만들어 냈다.

그리고 그 길 위에 세워진 것이 바로 계명.

제국과 왕국을 이어 주는 유일한 길이었다.

"계명은 천혜의 요새입니다. 방어를 걱정할 필요는……."

"아니, 방어를 걱정하는 게 아니다."

최지혁은 아들을 향해 말했다.

"만약 계명의 힘이 약해지면 새로운 요령성주와 협상이 안 될 거 아니냐?"

"……그럼 여옥비는 죽습니다."

"설마 반했느냐?"

"누가 반합니까? 불쌍해서 그렇지. 이대로 두면 죽거나 노예가 될 겁니다. 불쌍하지도 않습니까?"

최도원이 목소리를 높이자 최지혁은 피식 웃으며 말했다.

"감정적으로 정치에 임하지 말거라. 뭐, 새로운 요령성주와 친해지는 것보다 현 요령성주를 지키는 게 더 쉬운 일이라면 그때는 움직일 생각이다. 일단 전투 보고서를 봐야지."

이윽고 알현실 안으로 참모들이 들어오기 시작했고 바로 회의가 시작되었다.

아직 상급 무사밖에 되지 않은 최도원은 밖으로 나가 대기했다.

그런 그의 눈에 가만히 앉아 하늘만 보고 있는 여옥비가 들어왔다. 최도원은 헛기침을 한 뒤 그녀에게 다가갔다.

"괜찮으십니까?"

"도련님. 회의는 어떻게 되었습니까?"

"진행 중입니다. 빨리 끝나지는 않을 거……."

그때였다.

회의가 시작된 지 얼마나 됐다고 최지혁 가주가 밖으로 나와 여옥비를 찾았다.

"여기 있었구나."

그리고는 말했다.

"계명은 요령성주를 돕겠다."

"정말입니까? 감사합니다! 그럼 출진은 언제쯤으로……."

"선발대는 일주일 내로 출발할 것이야."

"그럼 아버님께는 그리 전하겠습니다. 다시 한번 감사드립니다!"

최도원은 서둘러 떠나는 여옥비를 바라보다 말했다.

"생각이 빨리 정리되셨네요?"

"그럴 수밖에. 여기 이걸 봐라."

최지혁은 아들에게 보고서 중 한 장을 내밀었다.

보고서의 첫 문장에는 이렇게 적혀 있었다.

-반란군의 학살로 단동시(丹東市) 인구의 절반이 죽은 것으로 추정된다.

최도원이 굳은 얼굴로 아버지를 올려 보자 최지혁이 말했다.

"난 미치광이들과는 대화하지 않는다. 아들아, 너는 지금 당장 출발하거라."

"어디로요?"

"수도로 가서 전하에게, 아니 태자 저하에게 출진 허가를 받아야 할 거 아니냐?"

"수도……."

최도원은 그 순간 수도에 있는 한 동갑내기 친구, 아니 자신이 따르기로 결정했던 한 무사를 떠올렸다.

'오랜만에 이서하를 만날 수 있다.'

최도원은 신이 나서 고개를 끄덕였다.

"지금 당장 출발하겠습니다."

그렇게 계명의 참전이 확정되었다.

◆ ◇ ◆

　다로(多路)를 수련하기 시작한 지 2달이 되고도 조금 더 지난 시점이었다.

　"들었나? 요령성에서 난리가 났다고 하던데."

　"제국도 말이 아니구먼."

　나는 무사들의 수다를 들으며 점심을 먹으러 이동 중이었다.

　회귀 전과 마찬가지로 요령성의 반란군이 점점 세력을 키워 나가고 있었다.

　'슬슬 전쟁이 시작되겠네.'

　슬슬 계명이 움직일 때가 되었는데 말이다.

　그렇게 생각할 때 즈음이었다.

　"이서하 선인님!"

　저 멀리서 언젠가 들어 봤던 목소리가 들려왔다.

　나와 함께 고개를 돌린 상혁이는 누군지 모르겠다는 듯 나에게 물었다.

　"저건 누구냐?"

　"기억 안 나? 최도원이잖아."

　계명의 막내아들이자 나와 무과를 함께 치렀던 바로 그놈이다.

　역시 이 엄청난 기억력.

　최도원은 헐레벌떡 뛰어와 나에게 고개를 숙였다.

원래 이런 성격이었나?

조금 더 오만하고 나에게 경쟁의식을 느끼던 그런 친구가 아니었던가?

"오랜만입니다."

"그래, 오랜만이야. 그런데 웬 존대?"

"아이, 선인님이시잖아요. 상급 무사 나부랭이가 말을 놓을 수는 없죠."

그나저나 이 시점에 계명의 막내아들이 수도로 여기로 왔다는 건…….

"죄송하지만, 오늘은 인사만 드리고 나중에 다시 찾아오겠습니다. 일단 급한 일부터 처리해야……."

"따라와."

"네?"

나는 최도원에게 말했다.

"신유민 저하 뵈러 가는 거잖아. 출진 허가 받으려고."

"……어떻게 아셨습니까?"

나는 아린이에게 시선을 돌린 뒤 말했다.

"기다리고 있었거든."

요령성으로 가는 날만을 말이다.

Chapter 73.

나는 최도원을 데리고 바로 신유민 저하에게로 향했다.

"이서하입니다. 저하."

"들어오너라."

여느 때처럼 서재에서 정사를 돌보던 신유민 저하는 반갑게 나를 맞이해 주었다.

"그래, 그런데 이 사람은……."

"계명 최씨의 최도원이라고 합니다."

최도원은 무릎에 코가 닿을 정도로 허리를 숙이며 인사했다.

"뵙게 되어 영광입니다, 저하!"

"계명?"

신유민 저하는 표정을 굳혔다.

계명에서 누군가 왔다는 소리는 십중팔구 국경에 문제가 생겼다는 뜻이기 때문이다.

"무슨 일이라도 있나?"

"그건 이쪽이 설명해 드릴 겁니다."

최도원은 바로 설명을 시작했다.

모두가 알고 있는 요령성주와 계명과의 관계부터 시작해서 현재 상황까지 세세하게.

"요령성주가 무너지면 왕국은 물론 요령성의 수많은 사람 또한 고통받을 것입니다."

설명을 끝낸 최도원은 긴장한 얼굴로 말했다.

"부디 출진 허가와 지원군 파병을 요청드리는 바입니다."

신유민 저하는 생각에 잠겼다.

"해우, 자네는 어떻게 생각하나?"

"글쎄요. 만약 계명의 출진을 허락하고 지원을 보낼 생각이시라면 몇 가지 문제에 대한 답을 준비하셔야 될 것입니다."

"몇 가지 문제?"

"네. 첫 번째로 황제가 직접 지원 요청을 한 것이 아니라는 것입니다. 경우에 따라서는 문제가 될 수 있을 겁니다."

자칫 침입으로 걸고넘어지면 할 말이 없다는 뜻이다.

"두 번째 문제는 우리가 얻을 이득보다 손실이 더 클 수도 있는 측면입니다. 제국의 전쟁에 참여했다 혹여 패배라도 한다면 무사들을 잃은 데 대한 원망이 저하께로 향할 것입니다."

"그렇다고 무고한 백성들이 죽게 놔둘 수는 없지 않나?"

신유민 저하다운 발언이었다.

하지만 정해우는 냉정했다.

"네, 그렇죠. 하지만 그들은 제국의 백성이지 이 나라의 백성은 아니지 않습니까?"

정해우의 말에 최도원이 망연자실한 표정을 지었다.

신유민은 가만히 생각했다.

"최 무사는 해우가 제시한 문제에 대해 어떻게 생각하지?"

"인명을 구할 뿐만이 아니라 요령성주를 도와 국경의 평화를 유지하기 위해서⋯⋯."

그러자 정해우가 말허리를 끊었다.

"계명은 천혜의 요새인데 군이 국경의 평화를 걱정할 필요가 있을까요? 요령성주가 아무리 야심찬 인물로 바뀌더라도 계명은 안전할 것입니다. 안 그렇습니까?"

"그게⋯⋯."

최도원은 아무 말도 할 수 없었다.

안전하지 않다고 말하면 스스로를 깎아내리는 것이었고, 안전하다고 하면 요령성주를 도와야 하는 이유가 사라지니 말이다.

말문이 막힌 최도원은 나를 바라봤다.

도와 달라는 것이다.

265

이 나라의 세자를 만나 머리가 굳어 버린 탓도 있을 테니 내가 대신 말해 줘야겠다.

나도 요령성을 가야 하니 말이다.

"저하, 제가 대신 말씀드려도 되겠습니까?"

신유민 저하가 고개를 끄덕이고 나는 말을 이었다.

"첫 번째 문제는 걱정할 것이 없습니다. 제국의 성주는 황제가 직접 그 지역의 통치자로 임명한 자입니다. 그런 성주의 여식이 직접 찾아와 지원을 요청한 만큼 이는 정식 요청이라고 생각해도 좋습니다."

"호오, 그렇군. 그리고?"

신유민 저하는 흥미진진하게 나를 바라봤다.

"두 번째로 전 요령성주를 지원하는 쪽이 손해보다 이득이 크다고 생각합니다."

그러자 정해우가 반문했다.

"이득이 더 크다고요?"

"네. 첫 번째로 요령성주의 마음을 얻을 수 있는 기회입니다. 상황이 이 정도까지 되었다면 이미 황제에게 또한 도움을 요청했을 것입니다. 그러나 황제는 움직이지 않았죠. 그런 상황에 왕국이 도와준다면 요령성주는 황제보다 저하를 더욱 각별히 생각할 것입니다."

이번 일이 잘 풀린다면 요령성주는 황제보다도 신유민 저하에게 더 잘 보이려 할 것이다.

먼 나라님보다 가까운 이웃이 더 중요하다는 것을 몸소 깨닫을 테니 말이다.

"요령성주가 힘을 더해 준다면 분명 도움이 될 것입니다."

요령성은 큰 도시가 7개나 있는 거대한 지역이다.

지금이야 반란군과 싸우느라 힘이 약해졌지만 평화로울 때는 4대 가문 저리 가라 할 정도의 힘을 가지고 있다.

'훗날 나찰과의 전쟁에서 도움이 될 것이다.'

이웃과 미리미리 친해져서 나쁠 것은 없다.

"그리고……."

나는 최도원을 바라보며 말했다.

"계명 또한 이 일을 잊지 않겠죠."

4대 가문 중 성도와 운성은 신태민의 편이라고 보는 것이 맞다.

신평이 신유민 저하의 편이 되었으나 대등한 형국을 갖췄을 뿐이지 우세한 건 아니다.

이런 상황에서 계명의 합류는 치열한 대립 구도를 깨는 데 도움이 될 것이다.

"그렇겠지? 최 무사."

"당연합니다."

최도원은 고개를 끄덕였다.

"계명은 저하의 은혜를 잊지 않을 것입니다."

"그래."

신유민 저하는 만족한 듯 미소와 함께 말했다.

"이 정도면 대신들의 반대도 무력화할 수 있을 거 같은데, 어떻게 생각하나?"

정해우는 미소와 함께 말했다.

"그렇게 본다면 충분히 가능해 보입니다. 대신들도 계명의 눈치는 보겠죠. 하지만 문제가 하나 더 있습니다."

맞다.

가장 중요한 문제가 남아 있다.

"어떤 부대를 제국으로 보낼 생각이십니까?"

남의 나라 전쟁에.

그것도 안전을 보장할 수 없을 정도로 팽팽한 전쟁터에 나가고 싶어 할 선인은 없다.

하지만 그에 대한 해답도 이미 생각해 두었다.

"제가 육도검과 함께 가겠습니다."

이재민과 스승님이 훈련한 정예 1,000명이라면 충분히 전황을 뒤집을 수 있을 것이다.

"선인님!"

최도원이 감격한 얼굴로 나를 바라봤다.

"직접 지원까지 와 주시는 겁니까? 이 은혜를 어떻게……."

뭔가 내가 자신을 위해 대변하고 또 전쟁터까지 함께 나가 준다고 생각하는 것만 같다.

사실은 아린이의 영약을 찾는 것이 주목표였지만 말이다.

하지만 계명을 돕기 위해 가는 것도 어느 정도는 사실이니 굳이 그의 감동을 깰 필요는 없다.

요령성주가 버티고 있어 줘야 나중에 나찰과의 전쟁이 벌어졌을 때 계명이 합류해 줄 수 있을 테니 말이다.

나는 목소리를 내리깔며 말했다.

"무고한 백성들을 지키기 위해서라면 어디든 가야지."

크, 멋있다.

이런 말 한 번쯤은 하고 싶었단 말이지.

"역시⋯⋯!"

완전 감명받은 듯한 최도원.

너무 감동하니 조금은 죄책감도 든다.

그 모습을 가만히 보던 신유민 저하는 심각한 얼굴로 말했다.

"괜찮겠느냐?"

"꼭 가야 하는 일입니다."

"⋯⋯그래. 네가 가야 한다면 그런 것이겠지."

신유민 저하의 무한한 신뢰가 느껴지는 말이었다.

"내 오른팔을 내어 주는 것이니 최지혁 가주에게도 꼭 전해 주게. 나를 대하듯 이 선인을 대하라고 말이야."

"저하의 말씀 뼈에 새기겠습니다."

신유민 저하는 고개를 끄덕이며 말을 이었다.

"그럼 편전 회의를 소집하지. 해우 자네가 대신들을 모두 모아 주겠나?"

"알겠습니다. 저하."

"성은이 망극하옵니다. 저하!"

최도원이 허리를 숙여 인사했다.

"그럼 편전 회의에서 보지."

그렇게 대화가 끝나고 밖으로 나오자 최도원이 나를 돌아보며 다짜고짜 무릎을 꿇었다.

왕궁에서 이게 뭐 하는 짓인지 모르겠다.

나는 재빨리 최도원의 팔을 잡아 일으켜 세웠다.

"창피하게 뭐 하는 짓이야?"

"고맙습니다. 선인님 덕분에 저하의 마음을 돌릴 수 있었습니다."

"그 선인님, 선인님. 존대하는 것도 이제 그만해라. 낯간지럽게."

"그럴 수는 없죠. 저보다 윗사람인데."

참. 원래 이런 놈이었나? 생각과는 다르게 감동을 잘 받는 성격이었다.

회귀 전에는 피도 눈물도 없는 전쟁귀와 같은 성격이라고 소문이 났었는데 말이다.

'하긴, 민주 성격도 저럴 줄은 몰랐으니까.'

회귀 전, 언제나 무표정으로 말 한마디 하지 않던 민주와 지금의 민주는 완전 다른 사람이었으니 말이다.

"그래, 마음대로 해라."

"네, 선인님!"

뭔가 내 광신도가 하나 더 늘어난 느낌이다.

이러다 진짜 교주 되는 거 아니야?

◆ ◈ ◆

편전 회의는 그리 길지 않았다.

나 또한 정해우처럼 강한 반대를 예상하고 있었지만 의외로 그런 일은 벌어지지 않았다.

오히려 너무 찬성해서 문제였다.

'도대체 무슨 일인지 모르겠네.'

나는 병조에 적힌 글을 읽었다.

[요령성 원정군]

-총대장: 이건하.

-부대장: 서아라, 이재민.

이건하가 총대장이 되었다.

"이 정도면 진짜 손쉽게 승리할 수 있겠군요."

내 옆에서 게시판을 보던 최도원은 주먹을 꽉 쥐며 의욕을 불태우고 있다.

그래, 너는 좋겠지.

이건하와 서아라의 직속 부대까지 합류해 총 3,000의 대부
대가 완성되었으니 말이다.

'미래가 또 달라졌네.'

편전 회의 때의 상황은 이러했다.

신유민 저하가 계명의 상황을 이야기하고 출진을 허가하
며 지원 요청에 응하겠다고 하자 대신들은 모두 찬성했다.

"현명한 선택이십니다."

그때부터 좀 이상했다.

신유민 저하는 미심쩍은 얼굴로 대신들을 바라보다 말을
이었다.

"총대장으로는 육도검 이재민 선인과 부대장으로 이서하
선인을 임명할 생각이오."

그러자 기다렸다는 듯이 신태민이 앞으로 나오며 말했다.

"이런 중요한 일에 육도검처럼 경험이 없는 자를 총대장으
로 삼는 게 가당키나 한 일입니까? 형님, 이건하 선인과 서아
라 선인을 보내는 것이 어떻습니까?"

그리고 그의 말에 대신들이 약속이라도 한 듯 한목소리로
말했다.

"맞습니다. 아무리 반란군이지만 제국군과의 싸움입니다.
우리 왕국군 정예의 힘을 보여 주어 국격을 드높여야 한다고
생각합니다."

"옳습니다. 우리의 힘을 보여 줘야 합니다."

"이건하 선인이라면 안심할 수 있지요."

이렇게 말이다.

대신들까지 그 난리를 치자 거부할 명분이 없었고 신유민 저하는 타협할 수밖에 없었다.

"그럼 이건하 선인을 총대장으로 이재민, 서아라 선인을 부대장으로 삼는 건 어떤가?"

"현명한 선택입니다. 형님."

그렇게 신태민의 뜻대로 이건하가 총대장이 되었다.

'회귀 전에는 그렇게 도와 달라고 해도 움직이지 않았었는 데 말이야.'

그러나 지금은 회귀 전과 상황이 많이 달라졌다.

'사실 조금만 생각했어도 이런 상황이 펼쳐질 줄은 알 수 있었는데 말이지.'

너무 선입견에 사로잡혀 있었다.

회귀 전에는 지금까지 있었던 모든 전투의 공적을 신태민 과 이건하가 다 가져갔었다.

'무사들의 우상이 될 정도였으니까.'

그러나 이번에는 내가 그 공적을 다 나눠 먹었다.

물론 아직도 이건하는 왕국을 대표하는 선인이기는 하지 만 회귀 전과는 결코 비교할 수 없었다.

'이번에 다시 큰 공을 세울 생각이겠지.'

이건하는 허남재가 그린 그림의 주역 중 하나이니 말이다.

'차라리 잘됐어.'

회귀 전, 요령성 전투의 결과는 참혹했다.

요령성주는 물론 계명의 가주인 최지혁마저 목숨을 잃으니 말이다.

'그 후로 계명은 요새에 틀어박혀 나찰 전쟁이 심화될 때까지 움직이질 않는다.'

그런 의미로 이건하와 서아라의 참전이 그리 나쁜 일만은 아니다.

물론 이건하가 어떤 미친 짓을 할지 모른다는 점은 걱정이지만 말이다.

"지금 걱정해서 뭐 하냐? 일단 해야 할 일부터 하자."

나는 바로 이정문에게로 향했다.

"오랜만입니다. 이정문 씨."

바쁘게 뛰어다니던 이정문은 벌레라도 본 듯이 나를 바라봤다.

"아, 선인님입니까?"

"방금 그 표정 뭡니까?"

"네? 제가 무슨 표정을 지었습니까?"

너무 적나라했는데 말이다.

"무슨 일이시죠?"

"이번에 출진하는 거 알고 계시죠?"

"안 그래도 그것 때문에 바쁩니다. 계명까지 가는 보급을 준비해야 해서요."

"네, 그거 말고도 하나 더 부탁하고 싶은 게 있습니다."

이정문은 긴장한 얼굴로 침을 삼키며 말했다.

"부탁이요? 이렇게 바쁜데?"

"저희 부대 보급은 이정문 씨가 맡아 주기로 한 거 기억하시죠?"

"네, 뭐 부탁할 것도 없이 이미 계명까지 가는 보급은 제가 담당하고 있습니다. 갑작스러운 출진이라 군량 모으는 것도 힘들어서 말이죠. 용건이 그게 다라면 전 가 봐도 되겠습니까? 일이 밀렸는데."

"아뇨, 계명까지 말고요."

누가 계명까지의 보급을 걱정하겠는가?

"요령성까지 보급해 주시죠. 끊이지 않게."

"……."

이정문은 눈을 깜빡이다 말했다.

"선인님 계명 안 가 봤죠?"

"가 봤습니다."

회귀 전에는 계명을 통해 제국으로 넘어갔으니 당연히 가 봤지.

"그럼 대화가 빠르겠네요. 보급이라는 게 선인들이 먹을 걸 막 짊어지고 달리는 게 아니라 다 수레에 실어서 말이 끌고 가는 거예요. 길이 없으면 못 간다는 말입니다."

"계명에는 길이 있습니다."

"그 길이 그냥 길이 아니라 잔도잖아요! 인간 하나 겨우 지나가는 길입니다!"

"그래서 할 수 없다는 겁니까? 그럼 실망인데요."

이정문은 한숨을 내쉬었다.

"그럼 1,000명분의 보급만 하면 되는 겁니까? 이건하 선인과 서아라 선인님까지 제가 담당할 필요는 없잖아요."

"아뇨, 가능하면 최대한 많이 해 주세요. 한 십만 명분?"

"……그게 가능하다고 생각해요?"

"저야 모르죠. 뭐 만약 이 보급을 못 하면 당신의 목이 날아간다고 생각해 보세요. 그래도 못 할 거 같아요?"

"그럼 할 수는 있겠죠. 할 수는 있는데……."

참 솔직한 사람이다.

"그럼 하세요."

"아니, 그러니까……."

"믿고 있겠습니다. 혹 도움이 필요하면 신유민 저하에게 요청하시면 됩니다. 물심양면 도와주실 거예요. 그럼."

대답은 듣지 않는다. 당신은 충분히 해낼 수 있을 테니까.

믿고 있다고!

"저기요! 아…… 저 미친 새끼. 진짜."

끝까지 못 한다는 말은 안 하는 착한 이정문이었다.

◆ ◈ ◆

출정 준비는 하루 만에 끝이 났다.

이정문이 미친 듯이 뛰어다닌 이유가 있었다.

하루 만에 뿔뿔이 흩어진 3,000명을 완전 무장시켜서 보내야 하며 동시에 군량까지 확보해야 하니 눈코 뜰 새 없이 바빴겠지.

나의 광명대는 청신으로 가 육도검의 부대와 합류해 이동했다.

"청신에서의 첫 번째 임무가 제국 원정일 줄이야."

"싫으십니까?"

"아니, 너무 좋다. 너무 좋아, 서하야."

얼굴이 반쪽이 된 이재민은 눈을 감고 지난날을 돌이키는 것만 같았다.

"다시는 철혈님에게 강해지고 싶다고 안 할 거야."

그 어떤 무사가 전설적인 철혈님을 앞에 두고 그에게 한 수 지도받고 싶지 않겠는가?

이재민 역시 그러했고 그는 할아버지를 만나자마자 강해지려면 어떻게 해야 하냐고 물었다고 한다.

그에 대한 할아버지의 대답은 단순했다.

"나와 함께 수련하면 된다. 하겠느냐?"

이재민은 감동의 눈물과 함께 그 제안을 받아들였다고 한다.

그리고 이재민은 지옥을 보았을 것이다.

이재민이 전쟁터에 나가는 것이 충분히 이해된다. 나 또한 할아버지와 수련할 때는 '이러려고 회귀했나?' 싶기도 했으니 말이다.

게다가 기준치는 또 오죽 높으신가?

나는 간혹 할아버지가 술을 마시고 했던 말을 떠올렸다.

'스스로 강자라 칭하려면 화경은 되어야 한다고 하셨었지.'

절정, 초절정, 그리고 화경.

지금이야 절정 수준만 되더라도 나름 고수랍시고 어깨에 힘을 빡 주고 다니지만 할아버지 때는 달랐다.

절정 수준으로는 선인조차 되기 힘들었고 초절정에 이르렀을 때야 그래도 좀 싸울 줄 안다는 평가를 받았으니 말이다.

"그래도 선인님은 초절정 정도는 되지 않습니까?"

"초입은 달성했지. 너한테 신세 지고 내가 너무 한심해서 말이야. 폐관 수련 중 벽을 깼지. 근데 화경이라니. 고작 초절정도 힘들게 달성한 내가 가능하겠냐?"

"노력으로 불가능한 건 없다고 하지 않습니까?"

"누가 철혈님 손자 아니랄까 봐 하는 말도 똑같네."

이재민은 한숨을 내쉬었다.

"그래도 안 되는 건 안 돼."

맞는 말이다.

초절정까지가 노력으로 달성 가능한 경지라면 화경은 타

고난 재능, 그 재능을 꽃피울 수 있는 배경, 거기다 운까지 따라 줘야 한다.

화경(化境).

난 이 경지의 고수와 딱 한 번 싸워 본 적이 있다.

바로 천우진이었다.

'천우진이 하극상을 일으키기 전에 딱 화경의 초입이라고 했었다.'

고작 30대에 화경(化境)의 경지에 들어선 것이다.

그렇기에 차기 무신으로 칭송받았지만, 거기까지였다.

'현경까지 달성한 건 아니었어.'

암부에서는 현경이니 뭐니 떠들며 천우진을 치켜세우는 거 같았지만 직접 싸워 본 사람으로 말하자면 그 정도는 아니었다.

만약 천우진이 왕국의 지원을 받으며 온전히 수련에만 몰두했다면 현경도 가능했겠지만, 암부로 활동하며 쾌락주의에 물들어 있던 그는 화경 초입에서 머물러 있었던 것만 같다.

무신의 경지에 오른 할아버지조차 하루라도 수련을 쉬면 실력이 무뎌진다며 그 누구보다 강도 높은 수련을 매일같이 해야 하는 바닥이다.

실의에 빠져 수련을 게을리한 천우진은 전보다 약해지면 약해졌지 더 강해지지는 못했을 것이다.

'그래도 강했었지.'

내 인생을 다 갈아 넣고도 혼자서는 이길 수 없을 정도였으니 말이다.

그렇게 천우진을 회상할 때 이재민이 말했다.

"하아, 화경은 꿈도 안 꾸련다. 그냥 초절정 수준만 대성(大成)하기로 했다."

"그 정도만 해도 뭐 엄청난 고수죠."

"그럴까?"

이재민은 먼 곳을 바라보며 말했다.

"이미 나보다 어린 친구들도 그 정도는 했단 말이지."

이건하와 서아라를 말하는 것일 것이다.

둘 다 초절정 수준에서는 따라올 사람이 없는 고수라 평가되는 인물들이었으니 말이다.

"쩝, 난 내가 천재인 줄 알았는데 우물 안의 개구리였어. 너도 그렇고 말이야."

나도 절정 당시 극양신공을 사용하면 초절정의 초입까지 실력을 끌어올릴 수 있었다.

아마 그걸 내 실력이라고 생각하고 있겠지.

물론 지금은 기본적인 실력도 초절정의 초입까지는 만들어 놓았지만 말이다.

"점점 더 강해지실 수 있을 겁니다."

"그렇겠지. 아니, 그래야지."

이재민은 검을 두드리며 말했다.

"철혈대의 이름을 달고 출진하는 첫 전투다. 제대로 하지 않으면 철혈님을 뵐 면목이 없지."

의욕이 있는 건 좋다.

그래도 무사라면 수련 성과를 제대로 확인해 보고 싶어 할 테니 말이다.

그나저나…….

'시선이 노골적이네.'

나는 슬쩍 고개를 돌렸다.

저 앞에서 말을 몰고 가는 서아라가 몸까지 돌려 앉아 나를 노려보고 있었다.

난 눈을 마주치고 고개를 갸웃했으나 그녀는 시선을 피하지 않았다.

부담스럽다.

너무나도 부담스럽다.

도대체 무슨 생각인지 알 수 없어서 더욱 불안하다.

'서아라는 알려진 게 없으니까.'

성격도 그렇고 기록도 그렇고 딱히 특별한 점이 없던 그녀다.

하지만 사무신(四武臣) 중 하나인 만큼 실력은 의심할 것이 없다.

'거기다 신태민 측이니 조심해야지.'

그렇게 생각할 때 뒤에서 살기가 느껴졌다.

"저 사람은 뭔데 저렇게 쳐다볼까?"

아린이가 뒤에서 서아라를 같이 노려보고 있다.

여러 가지 의미로 나만 조심할 게 아니라는 생각이 들기 시작했다.

◆ ◈ ◆

서아라.

해남(海南) 서씨의 방계로 자란 그녀는 가문의 이단아와 같은 존재였다.

여자, 방계.

불리한 요소는 모두 실력으로 짓밟고 올라온 그녀의 뒤를 봐주는 사람은 바로 백성엽이었다.

'이서하. 이서하.'

말에 거꾸로 앉아 이서하를 바라보던 서아라는 아미숲에서 마주했던 그의 모습을 떠올렸다.

'뛰어나긴 했지.'

백성엽 대장군님이 반할 정도인지는 모르겠지만 말이다.

하지만 자신의 판단은 필요 없다.

출정 전날.

갑작스러운 출정으로 바쁜 서아라를 백성엽이 불렀다.

"부르셨습니까?"

"그래, 서 선인. 바쁠 테니 바로 말하지. 이번 원정에서 이서하를 지켜 주겠나?"

"이서하를요? 죽이는 게 아니라?"

서아라가 고개를 갸웃하자 백성엽이 말했다.

"그건 허남재랑 이건하가 원하는 거지."

허남재는 변수를 싫어한다.

그가 원하는 것은 확실한 성공.

신태민을 왕으로 만들기 위해서라면 이서하뿐만 아니라 이 나라 기둥을 전부 뽑을 놈이었다.

그럼 이건하는 어떤가?

감정 하나 없는 눈으로 오직 자신의 이득만을 위해 움직이는 인물이다.

"둘 다 이서하가 눈엣가시일 테니까. 뭐라도 할 거다."

하지만 백성엽은 다르다.

백성엽이 신태민을 지지하는 이유는 그의 확실한 목표 때문이다.

부국강병(富國强兵).

이 나라의 기둥이 될 재능을 전부 짓밟고 신태민을 왕으로 만들어 봤자 백성엽의 꿈은 이루어지지 않을 것이었다.

"내 생각은 달라. 이서하 같은 인재를 써먹지도 못하고 죽일 수는 없지. 광명대도 마찬가지다. 될 수 있으면 다 살려 주게."

"호오. 재밌네요."

서아라는 알겠다는 듯이 고개를 끄덕였다.

"그럼 저의 적은 이건하인가요?"

"일단은. 이서하가 쉽게 당할 놈은 아니지만, 녀석을 구하는 걸 최우선으로 삼게. 솔직히 요령 따윈 어찌 되든 상관없으니까."

"명령대로 하겠습니다아~."

서아라는 그렇게 임무 속의 임무를 받아 이 원정에 나왔다.

'골치 아프네.'

자신이 지켜야 하는 대상에게서 눈을 떼지 않던 서아라는 살기를 느끼고 시선을 돌렸다.

유아린.

왕국 최고의 미녀가 자신을 죽일 기세로 노려보고 있었다.

'어머머, 네 오징어한테는 관심 없는데?'

하지만 놀려 주고 싶은 느낌이었다.

서아라는 빙긋 웃고는 입모양으로 말했다.

-뭘 봐? 이 쌍년아.

그리고는 바로 돌아앉는다.

서아라는 뒤에서 살기가 더욱 짙게 피어오르는 것을 느끼며 깔깔거렸다.

"꺄하하하하! 너무 귀여운 거 아니야?"

그렇게 웃는 그녀를 이건하가 이해할 수 없다는 듯 바라보다 말했다.

"서아라. 넌 걱정이 없나 보군."

"걱정? 그런 거 할 게 있나?"

"우리가 도착하기 전에 요령이 정복되면 개입할 명분이 사라진다. 그런 걱정은 안 하나?"

"에이, 에이."

서아라는 손을 흔들었다.

"설마 그러겠냐? 계명도 빨리 움직일 거고. 요령에도 왜 유명한 장군 하나 있잖아. 그……."

"임전무퇴(臨戰無退) 우문태."

"맞아. 한번 전투 나가면 승리할 때까지 절대로 안 돌아왔다며?"

계명이 그렇듯 요령성 또한 제국의 국경이다.

그리고 그 국경을 지금까지 수호해 온 장군.

우문태.

한번 전투에 나가 절대로 후퇴하지 않았다는 말은 여태껏 단 한 번도 패배한 적이 없다는 뜻이었다.

"화경(化境)의 고수라고 하니 버티지 않겠어?"

"……."

서아라의 말에도 이건하는 말없이 앞으로 걸어갈 뿐이었다.

그녀는 오랜 동료의 뒤를 보며 고개를 흔들었다.

"재미없는 놈."

놀리는 재미도, 관찰하는 재미도 없는 놈이었다.

◆ ◈ ◆

요령성(遼寧省).

주도인 심수시(深水市)의 관문을 지키는 우문태는 거친 숨을 몰아쉬며 주변을 돌아봤다.

자신이 키운 정예 무사들이 모두 죽고 남은 것은 우문태 혼자였다.

"당신이 임전무퇴(臨戰無退) 우문태요?"

"하아, 하아."

우문태는 거친 숨을 몰아쉬며 거구의 남자를 바라봤다. 언월도를 어깨에 짊어진 남자는 고개를 끄덕이며 말을 이어 갔다.

"딱 보니 기운이 다르네. 화경의 고수가 맞나 보군."

"그러는 너는 누구냐?"

"현천회(玄天會)의 호법(護法). 장용이다."

"현천회?"

우문태는 실소를 터트렸다.

들도 보도 못한 단체가 자신이 지키는 관문을 무너트릴 줄이야.

"그래, 네 목이라도 가져가야겠다."

화경의 고수.

절정의 고수는 무기나 신체 일부분에 기를 담을 수 있으며 초절정의 고수는 이를 형상화해 사방으로 분출할 수 있다.

그리고 화경(化境)의 경지에 이르러서는 기의 성질을 변화할 수 있게 된다.

호신강기(護身罡氣), 기의 폭발, 삼매진화(三昧眞火) 등등 기의 성질을 변화시켜 상황에 따라 자유자재로 사용할 수 있게 되는 것이다.

그리고 우문태는 초입이나마 이 화경의 경지를 달성한 자였다.

적화기(敵火氣).

우문태의 머리 위로 검붉은 불꽃이 나타나더니 장용을 향해 날아들었다.

그러나 적화기는 장용의 코앞에서 터져 그의 머리카락 한 올조차 태우지 못했다.

"호신강기(護身罡氣)!"

상대도 화경(化境)의 고수다.

우문태는 이를 악물며 말했다.

"화경이라고 다 같은 화경은 아닌 법!"

우문태는 검을 높게 들어 내려쳤다.

강기는 강한 강기로 부수면 될 일.

그리고 그 순간.

우문태의 검이 부러져 날아갔다.

"······!"

"그래. 맞다."

장용은 언월도를 들었다.

"화경이라고 다 같은 화경은 아닌 법이지."

이번에는 장용이 공격할 차례였고 우문태의 호신강기는 속절없이 부서졌다.

"이런······."

어깨부터 사선으로 그어진 우문태는 말을 잇지 못하고 그대로 넘어갔고 그것을 바라보던 현천회의 무사들이 환호성을 질렀다.

그리고 죽은 우문태를 바라보던 장용에게 한 남자가 다가와 말했다.

"수고했다. 장용."

"아, 형님."

이번 반란을 주도한 남자이자 장용의 의형제.

소자현이었다.

거구의 장용과는 달리 작고 날렵한 체구의 남자는 부러진 우문태의 검을 챙긴 뒤 말했다.

"에이, 비싼 거 부러졌네. 황제의 보검이라더니 별거 없었나 봐? 그래서. 우리 고명한 우문태 장군님은 어땠나?"

장용은 죽은 우문태를 힐끗 보고는 말했다.

"허접도 이런 허접이 없습니다."

"크하하하! 아무리 그래도 변경의 대장군님이라고. 동생아."

소자현은 부러진 보검을 휙 던지며 말했다.

"계명 놈들이 왔다던데……."

소자현은 미소와 함께 말했다.

"다 죽여 버리면 그만이지."

그렇게 요령성 전투가 시작되었다.

◆ ◈ ◆

계명(界明).

깎아지른 절벽에 설치된 잔도.

나름 군사용으로도 쓸 수 있게끔 튼튼하고 넓게 만든다고 만들었지만 그래 봤자 나무 널빤지다.

부대는 두 줄로 천천히 이동할 수밖에 없었다.

그런데도 발을 헛디딘 무사들이 한둘이 아니었지만 말이다.

끼익! 끼익! 하는 소리가 환청으로도 들릴 때 즈음 잔도를 빠져나온 나는 저 멀리 요령성을 바라보며 말했다.

"뭐가 보이냐? 민주야."

"너도 보이지 않아?"

민주는 굳은 얼굴로 말했다.

요령성에서는 검은 연기가 올라오고 있었다.

그것도 하나가 아니라 수십 개가 말이다.

"마을이야. 파괴된 마을."

그렇게 우리는 폐허가 된 마을들을 지나고 나서야 심수시에 도착할 수 있었다.

다행히도 아직 도시는 포위되지 않았기에 무혈입성을 할 수 있었다.

"크네."

왕국의 수도보다도 더 큰 도시.

왕국이 제국을 넘어 위쪽으로 올라갈 수 없었던 이유를 새삼 다시 느끼게 된다.

그러나 겉모습만 웅장할 뿐.

심수시의 상태는 그리 좋지 않았다.

상점가에는 물건이 없고 무사들 또한 다친 이들이 많았다.

작은 부상이면 전력이 되겠지만 다리 하나, 팔 하나 없는 이들은 복귀할 수 없겠지.

문제는 그런 중상자들이 더 많다는 거다.

'난리 났네.'

내 생각보다도 상황이 더 안 좋은 것만 같다.

그렇게 생각하며 안으로 들어갈 때 최도원이 말했다.

"아버님입니다!"

계명의 가주 최지혁.

검은 머리에 인자한 얼굴. 그러나 얼굴 군데군데 난 상처는 그가 강인한 무인임을 보여 주었다.

실제로 보는 건 이번이 처음이지만 변경의 검이라고 불릴 만한 기운이 느껴졌다.

그리고 그 바로 옆에 서 있는 작은 체구의 남자가 요령성주.

여자신(呂自新)이었다.

"이 먼 곳까지 와 주셔서 감사합니다. 이건하 장군님."

요령성주의 인사를 받은 이건하는 말에서 내린 뒤 그에게 걸어가며 말했다.

"이게 뭐죠?"

"무엇이 말입니까?"

여자신이 되묻자 이건하는 주변을 가리키며 말했다.

"부상자에, 마을 사람들까지. 거리에는 노숙자가 많고 식량은 모자랍니다. 다른 도시의 피난민들을 받은 겁니까?"

이건하 저 피도 눈물도 없는 자식.

그러나 말하는 방식이 문제이지, 틀린 말은 아니다.

전쟁 중에 피난민을 받는 행위는 신중하게 판단해야만 한다.

냉정하게 말해 부상당한 무사들과 다른 도시의 시민들은 그저 식량을 축내는 사람들일 뿐이니 말이다.

물론 현실적으로 그들을 거부할 수도 없는 게 문제다.

'성주는 모든 시민들을 지킬 의무가 있으니 말이야.'

하지만 이건하는 그딴 건 신경 쓰지 않는다.

어쨌든 여자신은 당황한 얼굴로 계명의 최 가주님을 돌아봤다.

"그게 무슨……."

"그래, 최 가주님이 말이 더 잘 통하겠네요."

이건하는 대화 상대를 바꾸었다.

"주도(主都)까지 밀린 걸 보면 전황이 좋지 않은 거 같은데 식량 보급은 됩니까? 아니, 식량 따위는 제쳐 두고 첩자가 들어와 있을 거라고는 생각하지 않으셨습니까?"

"생각했습니다."

"그런데요?"

"그렇다고 사람들을 안 받을 수는 없죠."

최 가주님은 미소를 지었다.

"전투에서 이긴다고 전쟁에서 이기는 건 아닙니다. 이건하 총대장."

최 가주님의 말에 최도원이 고개를 끄덕였다.

뭐야? 최도원이 원래 저렇게 생각이 깊은 놈이었나?

어쨌든 이건하 또한 바로 받아쳤다.

"그건 전투부터 이기고 말씀하시죠."

"그럼 전투에서 이기기 위해 다 같이 머리를 맞대 볼까요?"

신경전 한번 엄청나네.

그렇게 회의가 시작되고 이건하는 한숨과 함께 말을 시작했다.

"심수시 상황이 이렇다면 나가 싸울 수밖에 없습니다. 우문태 장군이 죽었다고요?"

최 가주님은 고개를 끄덕였다.

"맞습니다. 반란군에도 엄청난 고수가 있다는 뜻이죠. 그
래서 지금까지 지원을 기다리고 있었습니다."

이건하는 고개를 끄덕인 뒤 말을 이었다.

"고수가 있든 없든 관문을 다시 찾아와야 합니다. 시간이
지날수록 우리가 불리해지기만 할 테니 속전속결로 끝내야
합니다."

이건하의 말대로 속전속결이 최선의 방책이었다.

왕국도 이 전쟁에 돈을 쏟아붓고 있다. 한 달, 두 달 지날
때마다 왕국의 곳간도 텅텅 빌 수밖에 없다는 거지.

최 가주님 또한 고개를 끄덕였다.

"그건 동감입니다. 반란군 놈들은 마을까지 약탈하고 있습
니다. 조금이라도 피해를 줄이기 위해선 적어도 관문까지는
저들을 몰아낼 필요가 있습니다."

여자신은 동의한다는 듯 고개를 끄덕이고는 말했다.

"그럼 심수시의 군 전권을 최지혁 가주님께 위임하겠습니
다. 잘 부탁합니다, 가주님."

요령성주는 무인이 아니었다.

'그래서 우문태 장군이 함께였겠지만.'

우문태가 죽은 지금 요령성에 지휘관은 존재하지 않는다.
덕분에 심수시의 병력까지 우리 왕국군이 마음대로 지휘할

수 있었다.

최 가주님은 고개를 숙이며 말했다.

"최선을 다하겠습니다. 성주님."

"주변 지형이 전부 평야이니 전면전을 펼쳐야 할 겁니다. 그럼 내일 출진하죠. 모두 준비해 주세요."

이건하의 말에 모두가 고개를 끄덕이며 회의의 끝을 맺었다.

그렇게 나 역시 광명대로 돌아가려고 할 때였다.

"광명대장님. 잠깐 나 좀 볼까?"

요령성으로 오는 내내 나를 노려보던 서아라가 다가왔다.

"말 좀 걸고 싶었는데 기회가 안 나서 말이지."

"그냥 걸면 되는 거 아닙니까?"

"네 옆에 허여멀건 애가 눈을 막 이렇게 부라리면서 나를 노려보는데 말을 걸 수 있겠어?"

아린이를 말하는 거구나.

"그런데 무슨 일이십니까?"

"그게 말이야."

서아라는 내 귀에 대고 속삭였다.

"지금부터 수도로 돌아갈 때까지 내가 지켜 줄 테니까 옆에 딱 붙어 있어. 알았나?"

"……."

뭔 소리야 이건 또?

수도로 돌아갈 때까지면 고분 발굴할 때도 따라오겠다는

거야 뭐야?

난 최대한 표정 관리를 하며 말했다.

"붙어 있기 싫은데요?"

"왜? 나 사무신 서아라가 지켜 준다니까? 너 죽으면 안 된다고 장군님이 특별 명령을 내려 줬거든. 내가 곰곰이 생각해 봤는데, 네가 나한테 붙는 게 더 효율적일 거 같더라고."

아니, 그러니까 붙어 있기 싫다고.

애초에 이번 전쟁에서는 내가 지켜야 하는 사람이 꽤 있다.

대표적인 인물이 바로 최 가주님이다.

'아무리 미래가 바뀌었어도 방심할 수는 없지.'

최 가주님은 요령성 전투에서 전사한다.

아무리 지원 병력이 도착했고 내가 있다고 하더라도 그를 죽인 강자는 이곳에 그대로 있을 터.

아마 우문태를 죽인 자겠지.

우문태는 나도 들어 본 적이 있는 고수다.

제국에서도 그 수가 많지는 않다는 화경의 고수.

'한마디로 적에게도 화경의 고수가 있다는 거 아니야.'

그런 의미로 난 최 가주님 옆에 붙어 있어야 한다.

"제 몸은 제가 지킬 수 있습니다. 걱정하지 마세요."

"너 진짜 이 상황의 심각성을 잘 모르는구나? 지금 말이야……."

"압니다. 형님이 저 죽이고 싶어 하는 거."

"어머! 알아?"

서아라는 화들짝 놀라며 입을 가렸다. 저 행동까지 가식처럼 보이는 건 왜일까?

"알아요. 그러니까 제 몸은 제가……."

"아하하! 쑥스러워서 그렇구나?"

픽! 하고 내 등을 치는 서아라.

뭐야, 이거? 등뼈가 부러질 뻔했잖아.

"힘 조절이라는 걸 모릅니까?"

"됐고."

서아라는 슬쩍 시선을 돌렸다. 저 멀리서 아린이가 나를 발견하고 오는 것이 보였다.

"아무튼 이 요령성에서만큼은 내가 네 마누라라 생각하고 딱 붙어 있으라고."

"……."

저 단어 선택, 일부러 한 거다.

나는 본능적으로 아린이를 돌아봤다.

눈을 동그랗게 뜨고 굳어 있는 아린이.

서아라 역시 그녀의 반응을 보고는 깔깔거리며 걸어갔다.

"꺄하하하! 재밌어."

저렇게 가면 뒷감당은 누가 하나?

아, 내가 하는구나.

"서하야."

아린이의 말에 나는 침을 삼켰다.

"아니, 그러니까 지금……."

'아니'로 말을 시작한 것부터 완전히 꼬였다.

이거 바람피우다 변명하는 남자가 된 거 같잖아.

그때 아린이가 나한테 물었다.

"나이 든 여자가 취향이야?"

"……."

얜 또 무슨 소리야?

"괜찮아. 나이는 나도 먹을 테니까."

도대체 뭐가 괜찮은 건지 모르겠다.

반란군은 출진을 알고 있었다는 듯이 마중을 나와 있었다.

수도에서 관문은 어느 정도의 경지에 이른 무사가 달리면 하루 만에도 갈 수 있는 거리였으니 이상한 일도 아니다.

그나저나…….

"저기요, 서아라 장군님. 광명대는 우리 철혈대 소속입니다."

"아닌데요. 수도군 소속인데? 그럼 우리 쪽이 가깝지 않나?"

"저기……."

이재민과 서아라가 광명대를 두고 서로 싸우고 있었고 최도원이 안절부절못하고 두 선인 사이에서 발을 동동 굴렀다.

'아, 최도원은 짬이 안 되지.'

최 가주님에게 광명대를 좀 받아 달라 전해 달라고 했는데 말이다.

전하기는 한 거 같은데 왜 대답이 없을까?

이러다가 정말로 서아라 부대에 들어가는 거 아니야?

그렇게 생각할 때 구세주가 나타났다.

"하하하, 두 부장이 싸우는 걸 보니 광명대가 그리도 대단한가 보오."

이재민과 서아라가 돌아보고 살짝 인사하자 최 가주님이 말을 이어 갔다.

"그런데 미안하지만 이들은 내가 데리고 가겠소. 심수시 무사들은 많이 약해진 상태라서. 부탁 좀 해도 되겠나? 광명대장."

"가주님께서 부탁하신다면 어쩔 수 없죠."

나는 바로 못 이기는 척 가주님에게 붙었다.

"절 필요로 하는 곳에 가야죠."

이재민의 철혈대로 가면 서아라가 난리를 칠 테고 그렇다고 서아라의 비위를 맞춰 주다 보면 정말로 고분까지 따라올 기세니 최 가주님 쪽으로 빠질 수 있을 때 빠져야 한다.

"그럼 함께 가지. 광명대장."

그러자 이재민이 울상을 지으며 말했다.

"진짜 우리랑 같이 안 가는 거냐?"

한때는 교만함으로 가득 차 있던 사람이 왜 이렇게 쭈글탱이가 됐냐?

뭐든 극단적인 사람이네.

나는 이재민을 위로하며 말했다.

"뒤에서 간만 보세요. 앞으로 나서지 말고. 상대 쪽에 엄청난 고수가 있으니까. 그래도 선인님이 가진 철혈대는 정예 중의 정예입니다. 부하들을 믿으세요."

이재민은 마지못해 고개를 끄덕였다.

우문태를 죽인 고수가 있으니 겁을 먹는 것은 당연하다.

그래도 뒤에서 상황을 지켜보며 무리하지 않는다면 별일 없을 것이다.

그렇게 이재민과의 대화를 마무리하고 합류하자 최 가주님이 미소와 함께 말했다.

"도움이 좀 됐나? 곤란해하는 거 같았는데."

"아주 큰 도움이 되었습니다."

"그래, 나도 우리 도원이가 존경하는 동갑내기 무사의 실력을 좀 보고 싶던 참이야."

존경까지 할 정도였나?

그러자 옆에서 최도원이 말했다.

"저와 동갑이지만 이 선인님은 엄청난 실력자입니다. 기대하셔도 좋습니다. 아버지."

부담스러우니까 그만해 줬으면 좋겠다.

그렇게 전장에 도착하자 저 멀리 반란군의 군세가 보였다.

"숫자가 어마어마하네."

최소 1만 명은 되는 규모.

"많다. 많아. 제국의 신비라니까. 어디서 저만큼의 무사들이 튀어나온 거지?"

"그러게 말이야."

상혁이의 말대로 어디서 저만한 양의 무사들이 나온 건지 모르겠다.

전쟁터에 나온 이상 무공을 모르는 일반인은 아닐 텐데 말이다.

그때 뒤에서 정이준이 홀쩍거리는 소리가 들려왔다.

"내가 이래서 광명대 들어오기 싫었는데. 나가랄 때 나갔어야 해. 아오."

엄살 부리기는.

급조된 반란군에 저렇게 많은 무사가 있다는 것은 어중이떠중이들을 다 불러 모았다는 뜻이다.

"걱정하지 마. 어차피 다 오합지졸이야."

이윽고 이건하의 부대가 깃발을 흔들며 앞으로 달려 나가기 시작했다.

평야에서 싸우는 만큼 작전은 간단했다.

그냥 전면전.

힘 싸움이다.

"돌격하라!"

그렇게 전투가 시작되었다.

서로 뒤엉켜 싸우기가 무섭게 사방에서 비명이 울려 퍼지고 피가 낭자했다.

"으아아아악! 으아아악!"

반란군의 무사들은 우리 광명대를 위협할 만한 실력이 아니었다.

그러나 뭔가가 이상했다.

"이런 씨발!"

"죽어! 죽으라고 좀!"

아군 무사들의 절규는 물리적 고통에서 나오는 것이 아니었다.

"끄어어억!"

적은 무기를 놓치고 허리가 끊어졌음에도 다리를 붙잡고 저항하는가 하면 목의 반이 날아간 상태에서도 끝까지 검을 휘둘렀다.

"이 미친놈들아!"

거기에 전쟁의 광기까지 합쳐지자 모두들 이성을 잃기 시작했다.

게다가 적 중에는 어린 여자들도 있었다.

"꺄아아악! 죽어! 죽어!"

광기 어린 눈빛으로 달려드는 소녀들.

정신력이 강한 정예들도 눈빛이 흔들리고 있었다.

'뭐야 이거?'

우문태라는 명장이 어떻게 패배했는지를 알 것만 같았다.

"이런……."

최 가주님 역시 당황한 기색이 역력했다.

그리고 그 순간.

엄청난 기운이 최 가주님을 향해 달려드는 것이 느껴졌다.

나는 본능적으로 그의 정체를 알아차렸다.

'화경(化境)의 고수!'

나는 바로 극양신공을 사용한 뒤 최 가주님의 앞으로 달려 들었다.

이윽고 나의 황금빛 양기와 괴한의 기운이 폭발하며 주변 의 모든 무사들이 밀려났다.

"크옥! 이 선인!"

최 가주님의 걱정스러운 외침이 들렸으나 뒤를 돌아볼 여 유 따위는 없다.

언월도를 든 거한은 나를 내려 보고는 말했다.

"이걸 막아?"

뼈가 으스러질 것만 같다.

온몸의 근육이 전율한다.

오랜만에 느껴 보는 긴장감.

천우진을 처음 마주했을 때와 같은 압박감이었다.

"오오오오오!"

나는 거한을 밀어낸 뒤 자세를 고쳐 잡으며 말했다.

"제 실력 궁금하다고 하셨죠?"

난 당황한 최 가주님을 돌아보며 말했다.

"지금 보여 드리죠."

오랜만에 전력을 낼 만한 상대를 만났다.

〈11권에 계속〉

2021년 3월 10일
1, 2권 동시출간 예정

※ 출판 일정에 따라 출간일은 변경될 수 있습니다.

청루연 신무협 장편소설

무림에 떨어진 **현대인**

빵소니로 요절했던 죽음의 기억이 강렬한데,

'……내가 조휘?'

다 쓰러져 가는 조가철방의 차남이 되었다.
날아가는 새를 떨어뜨릴 권세도,
의지를 관철시킬 무력도 없다.
일가족을 몰살시킬 어마어마한 빚만 있을 뿐.

허나 그 누구도 경험하지 못했을
비장의 한 수가 남아 있으니.

"아버지, 조가철방을 물려주십시오."

문명의 이기를 총동원한 현대인의
중원무림 성공기가 지금 시작된다.